André Theuriet

Bigarreau

André Theuriet

Bigarreau

ISBN/EAN: 9783337131357

Printed in Europe, USA, Canada, Australia, Japan

Cover: Foto ©Andreas Hilbeck / pixelio.de

More available books at **www.hansebooks.com**

Heath's Modern Language Series

BIGARREAU

BY

ANDRÉ THEURIET

EDITED WITH INTRODUCTION AND NOTES

BY

C. FONTAINE, B.L., L.D.

DIRECTOR OF FRENCH INSTRUCTION IN THE HIGH SCHOOLS OF
WASHINGTON, D.C.

BOSTON, U.S.A.
D. C. HEATH & CO., PUBLISHERS
1896

TYPOGRAPHY BY C. J. PETERS & SON, BOSTON.

PRESSWORK BY ROCKWELL & CHURCHILL.

INTRODUCTION.

AMONG contemporary French writers of fiction, there are few whose descriptive powers and pathos can be compared with Theuriet's.

Although comparatively unknown elsewhere, in his own country he is held in high esteem, no less because of the pure moral tone of his writings, than because of their high intellectual character.

André Theuriet was born at Marly-le-Roi near Versailles in 1833. His early years, however, were spent at Bar-le-Duc in the old Province of Argonne. This country, so picturesque with its pine forests and black hills, left in his mind a permanent impression; it is, indeed, when he calls back these early impressions and pictures of bygone people, places, and events, that he is at his best.

Theuriet began writing while a mere boy, publishing in the *Journal de la Meuse*, while in the class of Rhetoric, a short poem, that brought down upon him the ire of his professors.

In 1852 he composed a poem entitled, "L'Eloge de l'Acropole," the subject of which had been proposed by the French Academy. To his utter disgust and discouragement he failed to obtain a prize, and this induced him to accept a position in a government department. He was soon sent to Auberive, the small town referred to in our story. The country amidst which Auberive lies is beautiful; it is traversed in all directions by prattling brooks and verdant valleys. Inspired by such surroundings, Theuriet soon resumed his writing. The first work that brought him before the public eye was published in the *Revue des Deux Mondes;* it was entitled, "In Memoriam." From that time on, and for the last forty years, Theuriet has kept on working. If all his books are not equally good, they are all noted for their lofty sentiments and their purity of style.

Although he would well nigh scorn the idea of being called a "*réaliste*," it is, nevertheless, safe to say that his works "hold the mirror up to nature" more closely than many of those of the writers of the realistic school.

Critics have compared André Chénier to Prudhon, Casimir Delavigne to Paul Delaroche, Victor Hugo to Eugène Delacroix, Emile Zola to Courbet. Theuriet's descriptive talent might well be compared with Jules Breton's graceful and tender genius, as both love nature, look upon it with kindred feelings, and idealize it.

When after years of faithful labor Theuriet relinquished his governmental clerkship, he retired to Talloires on the bank of the Annecy Lake in Savoy, where he now resides.

Among the works of the novelist, there is none whose pathos more directly appeals to one's feelings than "Bigarreau," in which the author gives a glimpse of the need of penitentiary reform, and shows that kindly, womanly influence and interest can often reform, when brutality and blows are not merely an outrage, but serve to harden. We are moved by a sentiment of sympathy for the unfortunate lad whose lot in life was so sad, so gloomy; and we almost feel relieved when, at the conclusion of the story, we know that "dans le nouveau cimetière, à l'orée du bois, où les retombées des grands hêtres ombragent sa fosse, Bigarreau goûte un repos absolu que les mauvais rêves et les patoches de la Centrale ne peuvent plus jamais troubler."

.   .   .   .

Let us quote as a conclusion Jules Lemaître's opinion : —

"Son œuvre entière m'apparaît comme un vaste morceau de campagne, avec des rivières entre des pentes boisées, des forêts de sapins, des vergers, des fermes, des villages, et les ruelles montantes de quelque vieille petite ville. . . . Et je me dis : 'Qu'il y fait bon !'

"Et je songe : 'Que ne suis-je là !' — Je sais que nul romancier, pas même Georges Sand, n'a su mêler aussi étroitement la vie des hommes et la vie de la terre sans absorber l'une dans l'autre ; ni mieux entrelacer l'histoire fugitive des passions humaines et l'éternelle histoire des saisons et des travaux rustiques.

"M. Theuriet est, ne vous y trompez pas, un poète virgilien.

.   .   .   .

Without attempting to give here an exhaustive list of Theuriet's works, we append to this short introduction the titles of his best-known productions : —

Mademoiselle Guignon, Le Mariage de Gérard, La Fortune d'Angèle, L'Affaire Froideville, Raymonde, Le Filleul d'un Marquis, Le Fils Maugars, Tante Aurélie, Hélène, Toute Seule, Madame Heurteloup, Sous Bois, Le Journal de Tristan, Nouvelles intimes, Péché mortel, Les Œillets de Kerlaz, Amour d'Automne, Deux Sœurs, La Maison des deux Barbeaux, L'Oncle Scipion, Charme Dangereux, Contes pour les Jeunes et les Vieux, Contes pour les Soirs d'Hiver, Mademoiselle Roche, Flavie (1895), *Cœurs meurtres* (1896), ètc.

C. FONTAINE.

CENTRAL HIGH SCHOOL,
Washington, D.C.

BIGARREAU.

I.

C'ÉTAIT à l'époque où l'on construisait la maison centrale.[1] L'administration des prisons ayant résolu de dé-
doubler le personnel de celle de Cl . . . ,[2] en transportant
·les femmes qui y étaient détenues dans une autre localité,
un inspecteur général avait déclaré que les bâtiments de 5
l'ancienne abbaye d'Auberive[3] répondraient merveilleuse-
ment aux vues du ministre. En conséquence, l'État avait
acquis le vieux domaine des Cisterciens,[4] et on était en
train de l'approprier à sa nouvelle destination, au grand
désespoir des habitants du bourg, qui se souciaient peu 10
d'avoir une maison de force et de correction[5] dans leur
voisinage. Le directeur de Cl . . . , impatient d'être dé-
barrassé de ses détenues, pressait les travaux avec une
activité fiévreuse ; et, comme son établissement n'était
séparé d'Auberive que par une huitaine de lieues, 15
il passait là moitié de son temps sur le chantier des
constructions commencées, examinant les gros murs,
harcelant l'architecte, bousculant les entrepreneurs et
faisant endiabler les ouvriers.[6] — Le directeur était un
homme solide et trapu ; sa figure de négrier,[7] haute en 20
couleur, trouée de petite vérole, surmontée d'une calotte
de cheveux crépus,[8] poivre et sel, était éclairée par deux
yeux gris, fureteurs, froids comme l'acier et singulière-

ment énergiques. Jusqu'à ce que les bâtiments fussent
en état de recevoir les femmes, il avait décidé qu'on y
transvaserait[1] une cinquantaine de jeunes détenus, afin
de les employer à des travaux de terrassements, et il les
5 attendait le soir même.

Tout en se promenant sur la route qui domine la vallée
de l'Aube, il expliquait les avantages de cette combinai-
son à M. Yvert, le garde général des forêts, avec lequel
il prenait ses repas à l'unique auberge d'Auberive.

10   — Ils vont arriver, disait-il avec un naïf orgueil profes-
sionnel; avant un quart d'heure ils seront ici. . . .   Ils
viennent de Cl . . . à pied, sous l'escorte de leurs gardiens, et vous verrez comme les gaillards manœuvrent
au doigt et à l'œil ! . . .   Ils sont charmants . . . et
15 heureux !

Un sourire aimable entr'ouvrait ses lèvres minces et
coupées par une balafre, tandis qu'il fouettait les char-
dons du revers de son rotin à pomme d'ivoire.[2]

Peu de temps après, dans la direction du village de
20 Bay, la route poudroya au soleil couchant.   Le directeur
se fit un abat-jour de sa large main, aux doigts carrés et
noueux, puis s'écria, triomphant :

— Les voici !

Il ne se trompait pas.   On les aperçut bientôt, émer-
25 geant d'un nuage de poussière.   Ils marchaient quatre
par quatre, les aînés en tête, les petits à la queue,[3] et les
gardiens en serre-files.   Entre les buissons verdoyants de
la route, cette procession se détachait nettement aux
rayons obliques du soleil, et se rapprochait sensiblement
30 des murs de l'ancienne abbaye.   Quand ils furent à
portée de la voix, sur un signal du gardien-chef, ils
entonnèrent une chanson où il était question des joies

du travail et des beautés de la nature. Sanglés dans leur veste d'uniforme, la casquette coiffant jusqu'aux oreilles leur tête rasée, ils soulevaient en cadence leurs pieds poudreux et défilaient militairement devant le directeur et son compagnon. Tous tenaient respectueusement 5 les yeux baissés et braillaient presque automatiquement leur vertueuse complainte :

Le soleil luit, l'herbe est fleurie.
   Partons, mes amis, ô gué !
Vite au travail dans la prairie ! 10
Celui qui travaille et qui prie
A le corps sain et le cœur gai.

Au premier aspect, toutes ces figures enfantines semblaient moulées d'après un type unique : mêmes regards humblement sournois de chiens battus, même bouffissure 15 jaune, mêmes gestes mécaniques, même jovialité de commande.

— N'est-ce pas qu'ils sont gentils ? s'exclamait le directeur en frappant le sol du bout de son rotin ; ils ont leurs huit lieues dans les jambes.[1] . . . Hé ! hé ! il n'y paraît 20 pas. . . . Les voilà dispos, frais comme des roses et gais comme des pinsons !

Dispos, c'était possible, bien que quelques-uns marchassent péniblement. Quant à leur gaîté, le garde Yvert sut bientôt à quoi s'en tenir.[2] Tandis que le directeur 25 causait avec le gardien-chef, l'un des jeunes détenus resta en arrière et s'arrêta comme pour dévisager le forestier. Son visage, semé de taches de rousseur,[3] exprima une sorte d'effarement joyeux, et ses yeux bleus s'illuminèrent un moment. . . . 30

— Numéro vingt-quatre ! cria rudement le gardien-chef,

qu'avez-vous à rester là comme un clampin?[1] . . . Allons,
dans le rang, et plus vite que ça !

Les traits du jeune drôle se rembrunirent, et Yvert, qui
le contemplait bien en face, fut effrayé de l'expression
5 farouche, veillotte et hypocritement soumise que prit
soudain cette hâve figure d'adolescent.

Toujours chantant, la colonne pénétra dans la cour
de l'abbaye et les grilles de fer de la grande porte se
refermèrent brutalement sur le troupeau des jeunes
10 détenus ; — mais le souvenir de ce masque[2] blafard et
mobile, entrevu un moment pendant le défilé, resta gravé
dans le cerveau du garde général.

Le soir, quand il rentra dans sa chambre, il y repensa
involontairement. Il lui semblait avoir rencontré quelque
15 part une tête ayant certaines ressemblances avec celle du
numéro vingt-quatre ; mais c'était si vague, si lointain,
qu'il ne put mettre un nom sur cette figure. La chose
avait peu d'importance, et le lendemain il l'oublia.

A quelques jours de là, comme il déjeunait seul, son
20 hôtesse, qui était passablement loquace, lui dit en le
servant :

— A propos, monsieur Yvert, vous avez vu les enfants
qui travaillent à la prison ?

— Oui ; eh bien ?

25 — Eh bien ! il y en a un qui est de votre pays et
qui vous a reconnu en passant.

Yvert se rappela de nouveau les yeux bleus écarquillés
et la figure effarée du numéro vingt-quatre. Assurément
ce devait être celui-là. Mais il eut beau fouiller dans sa
30 mémoire,[3] il ne put retrouver une indication précise au
sujet de cet enfant de son pays qui était venu échouer à
la maison de correction. L'aventure ne laissait pas de

l'intriguer néanmoins,[1] et il exprima le désir de voir de près son jeune et précoce compatriote. La chose était facile, l'hôtesse avait fait la conquête du gardien-chef et elle promit à Yvert que, grâce à l'entremise[2] de ce dernier, elle lui amènerait demain le détenu en question. 5

Le soir, au dîner, le directeur de la maison centrale arriva, enchanté de la bonne tenue de "ses enfants." Il ne tarissait pas sur ce sujet.

—Ils sont charmants, répétait-il, et cependant, monsieur, nous avons là le rebut de la société. Il y a parmi 10 eux des meurtriers et des incendiaires, qui sont devenus doux et dociles comme des moutons. Et voilà le résultat de notre discipline physique et morale ! . . . Avec ces créatures perverses, nous faisons des travailleurs utiles, comme on fabrique de bon drap fin avec d'ignobles 15 déchets. La solution de la question sociale est là, monsieur ! . . . Et aussi peut-être la solution de là question économique. . . . Mes gaillards coûtent à l'État cinquante centimes par jour et par tête, et ils remuent la terre comme des manœuvres que nous serions obligés de 20 payer trois francs. . . . Réduction du coût de la main-d'œuvre[3] et moralisation de l'espèce, voilà le véritable progrès humanitaire !

Le garde général avait la langue levée pour demander quelques renseignements au sujet du numéro vingt- 25 quatre ; mais, malgré ses théories humanitaires, le directeur aux yeux durs et à la lèvre balafrée lui inspirait une confiance médiocre. Craignant d'attirer sur son mystérieux compatriote l'attention de ce terrible apôtre du progrès par la discipline et le travail à prix réduit, il résolut 30 d'attendre et de juger par lui-même.

Le lendemain, la ponctuelle hôtesse introduisait dans

la chambre d'Yvert un garçon d'une quinzaine d'années
avec lequel elle le laissait en tête-à-tête. C'était bien le
numéro vingt-quatre. Pâlot et gras, serré dans son uniforme de travail, il se tenait la casquette à la main devant
5 le forestier. Sa tête, aux cheveux blonds coupés ras,
avait l'air d'une boule ; ses yeux bleus rusés s'abaissaient
et se levaient alternativement, comme si leur propriétaire
avait voulu étudier et tâter¹ son interlocuteur avant de se
livrer.

10 — Vous ne me reconnaissez pas, m'sieu?² demanda-t-il
enfin d'une voix à la fois timide et gouailleuse ; je vous ai
pourtant fait plus d'une commission,³ dans le temps que
vous étiez à Villotte !

Pour le coup, les souvenirs du garde général se ré-
15 veillèrent.

— Bigarreau ! s'écria-t-il.

Il se rappelait maintenant ce gamin de huit ans aux
cheveux embroussaillés, couleur de paille, qui vagabondait
dans les rues de sa petite ville, vêtu d'une mauvaise che-
20 mise et d'un pantalon en loques, et qui se drapait dans ses
guenilles avec une insouciance et une drôlerie si amu-
santes. Ses joues rebondies et rosées, ses lèvres couleur
de cerise lui avaient valu ce nom de "Bigarreau" dont
l'avaient baptisé les gens du cru.⁴ Il vivait sur le domaine
25 public et exerçait pour vivre cent métiers industrieux, dont
le plus honorable consistait à porter les billets doux des
jeunes gens aux grisettes⁵ du faubourg. L'été, dans la
saison des bains, il gardait les vêtements des baigneurs,
assis à l'ombre, sur la berge de la rivière, fumant des
30 cigarettes et riant aux éclats lorsqu'un nageur novice
lâchait son paquet de joncs et "buvait un coup."⁶
L'hiver, il se réfugiait dans la baraque du marchand

de marrons ; il fendait le menu bois, entretenait un feu
clair sous la poêle trouée, et attrapait de ci et de là
quelques châtaignes rissolées, qui lui réchauffaient les
doigts d'abord, et ensuite calmaient les impérieuses exi-
gences de son estomac creux. — Tous ces détails reve- 5
naient maintenant à la mémoire d'Yvert avec une grande
netteté. Il examinait ce visage bouffi d'où les couleurs
roses avaient disparu.

— Comment, c'est toi, Bigarreau ? répéta-t-il.

— Oui, c'est moi ! répondit le détenu, tandis que sa 10
figure s'éclairait d'un sourire et que ses yeux s'enhardis-
saient.

— Mon pauvre gars, tu t'es donc fait mettre en prison ?

— Ah ! voilà, repartit Bigarreau sans le moindre embarras, j'ai pas eu de chance ![1] . . . Vous savez qu'en 15
été je gardais les effets des gens qui se baignaient à
La Brèche ? . . . Un jour, en secouant un pantalon, j'ai
fait tomber un écu de cinq francs. . . . Jamais je n'avais
vu tant d'argent, ça me brûlait les doigts. . . . La tête
m'a tourné, j'ai pris la pièce et je me suis sauvé. . . . 20
Vrai, je ne l'ai pas eue plutôt en poche que j'ai voulu
rebrousser chemin pour aller la remettre dans le pantalon.
. . . Malheureusement, j'avais été vu, on m'a empoigné
et v'lan, au *clou*,[2] puis devant le tribunal, où les juges
m'ont condamné à rester en cage jusqu'à mes vingt et un 25
ans. . . . C'est ce qui s'appelle ne pas avoir de chance,
n'est-ce pas, m'sieu ?

Il débitait cela d'une voix déjà rauque, avec un mélange d'indifférence et d'effronterie. Yvert lui demanda
comment il se trouvait du régime tant vanté par le direc- 30
teur. Alors sa lèvre inférieure s'allongea, sa figure s'as-
sombrit et il fit grimace significative.

— Malheur ? ça n'est pas drôle, allez ! [1] . . . On nous
a fait venir de Cl . . . à pied, avec une soupe dans le
ventre, et depuis que nous sommes arrivés, nous travaillons à des terrassements près du bois, là où sera le cime-
5 tière de la prison.　Dix heures à remuer la terre en plein
soleil !　Avec ça, mal nourris : des *fayots* (haricots) à tous
les repas, et des *patoches* [2] en guise de dessert.　Les gardiens tapent comme des sourds ! . . .　Ah ! m'sieu, où
est le temps où je flânais le long de la rivière de chez
10 nous, en regardant les araignées d'eau qui se tiraient des
pattes dans le courant ? [3] . . .　Moi aussi, je voudrais
bien *me tirer des pattes !* . . .　Mais M. le directeur n'entend pas ça ; il ne veut pas qu'il soit dit qu'on s'ennuie
dans sa boîte. [4] . . .　"Tous frais comme des roses et gais
15 comme des pinsons."　Il veut qu'on chante pour faire
croire aux gens qu'on est heureux comme des coqs en
pâte.　Quelle farce !　Et penser que j'en ai encore pour
cinq ans ! . . .　Mais voyez-vous, m'sieu, j'ai pas envie
d'achever mon bail. [5]
20　Son œil s'allumait, il clignait les paupières d'un air
mystérieux.　Il termina sa harangue en sollicitant de son
compatriote quelques sous " pour son tabac."

Yvert lui donna une pièce blanche, en assaisonnant son
cadeau d'un grain de morale.　Bigarreau glissa la pièce
25 dans la doublure de sa casquette, écouta le sermon avec
un sourire ironique, et, sous le prétexte que l'heure de la
rentrée au chantier allait sonner, il tira sa révérence au
garde général.

II.

LE nouveau cimetière des femmes devait occuper tout un terrain en friche avoisinant la lisière des bois de Montgérand. De l'endroit où les jeunes détenus creusaient les fossés des fondations, on dominait la vallée de l'Aube.[1] On voyait, comme au fond d'une combe, la petite église, 5 les deux rues du village adossé à un cirque de forêts montueuses,[2] les toits d'ardoise de l'ancienne abbaye émergeant d'un fouillis[3] de sapins, puis l'Aube sinueuse, argentée, frétillant[4] au soleil entre des prés en fleurs, dans la direction de Bay, où un nouvel horizon de col- 10 lines et de forêts arrêtait le regard. La lumière se jouait sur ces prés épanouis, sur cette eau courante, sur ces moutonnements lointains de feuillées bleuâtres.[5] Des alouettes gazouillaient en plein ciel, des bouillonnements d'écluse, des chants de coqs et des voix d'enfants mon- 15 taient du village. C'était un gai spectacle que celui de la vallée baignée dans l'ensoleillement de cette matinée d'été ; mais les jeunes terrassiers de la friche de Montgérand n'en jouissaient guère.

Sous l'œil d'argus du gardien-chef Seurrot, ils remu- 20 aient la terre et on ne leur laissait pas le loisir de bayer aux mouches.[6] Les aînés maniaient la pioche, les plus petits se mettaient à deux[7] pour pousser la brouette. Les dos couverts de grosse toile et les têtes coiffées de chapeaux de paille, sans cesse en mouvement, semaient sur 25 le sol grisâtre et pierreux un fourmillement[8] de taches blanches. Quand les gamins se relevaient pour s'essuyer le front, le lumineux aspect de la vallée verdoyante, loin de produire un effet de calme et de réconfort, éveillait

dans ces poitrines d'enfant une sourde irritation. Cette
invitation à la joie, éparse dans l'air, avait pour eux quelque chose d'ironique et de cruel. Le libre essor des
alouettes, les courses vagabondes des hirondelles au ras
5 de la rivière, leur rappelaient presque amèrement le travail forcé, les bourrades des gardiens, les verrous de la
prison, et leur insufflaient des désirs de révolte et d'école
bouissonnière.[1]

Parmi les moins disciplinés et les plus impatients du
10 joug se trouvait notre ami Bigarreau.

La veille, au sortir du logis du garde général, il s'était
empressé d'employer une partie de son argent à acheter
un paquet de cigarettes et une boîte d'allumettes. Ses
nouvelles acquisitions étaient cachées dans les poches de
15 son pantalon, et, depuis le matin, il les tâtait de temps à
autre, avec une paternelle sollicitude, en se promettant,
"d'en griller une,"[2] dès que Seurrot aurait le dos
tourné.

Le tâche de la journée était coupée par un repos d'une
20 demi-heure, et à ce moment-là le gardien se relâchait un
peu de sa surveillance méticuleuse. Seurrot avait le cœur
tendre, et les yeux luisants de l'hôtesse du *Lion d'Or* l'atti-
raient invinciblement vers le verger de l'auberge, situé en
contre bas du chantier.[3] Bigarreau avait tablé là-dessus.[4]
25 Dès que le gardien-chef eut pris le chemin du verger, le
numéro vingt-quatre se glissa, avec des ondulations de
couleuvre, dans les genévriers du talus, gagna le taillis
et, choisissant de l'œil parmi les arbres de bordure un
alisier au fût élancé et à la cime feuillue, il y grimpa en
30 deux temps,[5] comme un écureuil.

Perché à chevauchons à la fourche des hautes branches,
dissimulé au plus épais de la feuillée, il tira alors ses

cigarettes, en alluma une et savoura lentement les délices
du fruit défendu.   On était bien, là-haut, dans la verdure
et la fraîcheur!   On apercevait entre les branches les
toitures du village, les miroitements de l'Aube dans la
prairie, puis, sur les deux versants de la vallée, les fris- 5
sons des champs de seigle et d'avoine, alternant avec les
bigarrures des sainfoins et des trèfles incarnats.   Les
merles sifflaient dans le taillis, les fauvettes des roseaux
bavardaient dans les saules de la rivière, et un vent frais
vous berçait comme dans un hamac.   On y était si bien 10
que Bigarreau s'y oublia.   Quand Seurrot revint en mâ-
chonnant une rose entre ses dents et qu'il passa en revue
sa petite troupe, il s'aperçut du premier coup que l'un des
détenus manquait à l'appel.

— Où est le numéro vingt-quatre? s'écria-t-il.   15
Les gamins échangèrent un regard sournois et se bor-
nèrent à répondre par un haussement d'épaules.

La gardien-chef crut d'abord à une évasion et il en
devint pâle.   Ses regards inquiets fouillaient l'épaisseur
du taillis; tout à coup, ils distinguèrent à la cime d'un 20
baliveau les légères spirales d'une fumée bleuâtre.   Cela
n'était pas naturel, et le délinquant devait s'être gîté là-
haut.   Seurrot bondit sur le talus; en un clin-d'œil il fut
au pied de l'alisier et il n'eut pas grand'peine à y découvrir
les jambes pendantes de Bigarreau.   25

— Ah! gredin, s'exclama-t-il, tu te donnes de l'air et
tu fumes, encore![1] . . . ce qui est contraire au règlement.
Vas-tu descendre, garnement?

Bigarreau était pincé, mais il avait l'avantage de la
position, et il essaya d'en abuser.[2]   30

— Je veux bien, répondit-il, mais auparavant vous me
promettrez de ne pas me punir.

— Tu me poses des conditions, je crois ? répondit Seurrot furieux.   Descends de bon gré, ou ça va se gâter.[1]

— Je reste alors! repartit l'entêté Bigarreau.

L'alisier était très mince et très élevé de fût ; le gar
5 dien-chef ne possédait aucune des aptitudes d'un grimpeur, et il avait beau secouer l'arbre violemment,[2] le
délinquant ne bougeait pas.

— Ah ! tu résistes à l'autorité, chenapan !   Holà ! vous
autres, qu'on m'apporte une hachette, et vivement !
10 A cette injonction lancée d'une voix tonitruante, deux
détenus avaient obéi.   Seurrot saisit rageusement lo
hachette qu'on lui présentait, et sans se soucier de commettre un délit forestier,[3] il attaqua l'alisier au collet de
la racine.   Aux premiers coups qu'il porta, l'arbre frémit
15 de la base à la cime, mais Bigarreau resta impassible.
Les coups de hache se succédaient, l'écorce et l'aubier
volaient en éclats, la sueur perlait sur le front du gardien.
Les deux jeunes détenus que ce spectacle amusait prodigieusement, suivaient avec intérêt les progrès de l'en
20 taille pratiquée dans le tronc du baliveau.   On entendit
un brusque craquement, et cette fois Bigarreau, réfléchissant que de deux maux il était sage d'éviter le pire, se
laissa couler entre les branches, puis tomba comme un
paquet sur le sol heureusement feutré[4] d'une mousse
25 moelleuse.

— Vermine! je t'apprendrai à me narguer! hurla Seurrot en l'empoignant par le bras. — Il avait été sergent de
ville, et ses doigts serraient comme des pinces. — En
même temps, de l'autre main, il administrait des bour
30 rades dans les reins de Bigarreau et le poussait vers le
chantier.

— Ah ! tu fumes en contrebande ![5] continuait le gardien,

en ponctuant chaque mot d'une taloche. — Il fouilla les poches du détenu et éparpilla les cigarettes dans les déblais. — Où as-tu volé de l'argent pour acheter ça ?

— On m'en a donné ! protesta Bigarreau.

— Silence ! . . . A la pioche, graine de galérien ![1] . . . 5 Nous éclaircirons la chose demain, au rapport,[2] quand M. le directeur reviendra. . . . Et il t'enverra pourrir au cachot. . . . En attendant, ce soir, tu souperas avec du pain sec !

L'après-midi se passa tristement pour Bigarreau. Quand, 10 à neuf heures du soir, il put s'étendre dans son hamac, le ventre vide et les doigts meurtris de *patoches*, il se mit à réfléchir amèrement sur les misères de la journée et sur les éventualités du lendemain. Tout n'était pas fini. Le directeur devait arriver dans la matinée, et il était plus 15 impitoyable que les gardiens. Bigarreau connaissait par expérience la façon dont ce terrible chef de service punissait les moindres infractions à la discipline. . . .

— Non, songeait-il en se recroquevillant[8] dans son hamac, j'en ai assez et je n'attendrai pas son retour ! 20

Des idées d'évasion lui bourdonnaient de nouveau dans la tête. Le dortoir improvisé pour les détenus était mal clos ; les gardiens avaient le sommeil dur ;[4] vers la minuit, on pouvait peut-être s'échapper, escalader un mur et gagner les bois ? . . . Dans tous les cas, c'était une aven- 25 ture à tenter. . . . — La nuit était tout à fait venue ; il entendit l'un des gardiens faire sa ronde, puis se déshabiller et se jeter lourdement sur sa couchette. Bientôt des ronflements emplirent la sonorité du dortoir. — Agile comme un chat, Bigarreau quitta son hamac, enfila[5] son pantalon 30 et sa veste et suspendit à son cou ses sabots rattachés par une ficelle ; puis, pieds nus, retenant son souffle, il

se glissa jusqu'à une croisée qu'on avait laissée ouverte
pour aérer la salle, située au premier étage. Une fois
grimpé sur la console de la fenêtre, le gamin pencha sa
tête au dehors. Au-dessous, dans l'obscure clarté de la
5 nuit de juin, il distingua des carrés de légumes. Le terrain, fraîchement arrosé, devait être mou. Bigarreau, les
mains accrochées au rebord de la console, risqua la de-
scente et alla tomber sur des têtes de choux qui amortirent
sa chute. Il se releva, se tâta, prêta l'oreille ; pas un
10 bruit, sauf le clair frémissement de l'Aube coulant à
travers le jardin. — Alors il longea la rivière jusqu'à la
baie cintrée par où elle sortait du parc ; puis entrant
bravement dans l'eau, qui ne lui montait que jusqu'aux
genoux, il suivit le fil du courant et gagna avec lui la
15 pleine campagne.

III.

En ce temps-là le courrier qui conduisait les dépêches
à Châtillon-sur-Seine [1] partait d'Auberive à trois heures du
matin. Au moment où le lourd *briska*, [2] traîné par deux
chevaux, tournait l'angle de l'ancienne forge pour s'en-
20 gager sur la route montante qui mène à Recey-sur-Ource,
un garçon portant ses sabots en sautoir grimpa à la volée
sur la bâche et, s'accrochant aux cordes qui retenaient
les bagages, s'assit à l'arrière, les jambes pendantes. Le
bruit des roues et le trot des chevaux empêchèrent le con-
25 ducteur à demi ensommeillé de s'apercevoir de la présence de ce voyageur inattendu et subreptice. Le briska
continua de rouler dans un nuage de poussière jusqu'au
sommet de la côte ; il traversa rapidement le petit village

de Germaine encore silencieux et endormi, puis il remonta
avec lenteur la rampe des bois de Colmiers.

Il était quatre heures, et le soleil se levait derrière la
forêt d'Auberive, dans un semis [1] de légers nuages roses.
Les premiers rayons obliques, perçant l'obscurité des fu- 5
taies, piquaient de-points argentés, ici un tapis de lierres,
là un fouillis de clématites, tandis qu'en contre-bas la
route serpentait dans une ombre bleuâtre, entre deux talus
tapissés de ronces humides et de millepertuis en fleurs.
Les oiseaux ébouriffaient leurs plumes et gazouillaient 10
dans les fourrés.   Un chant de coq résonna comme un
coup de clairon dans la direction d'une ferme lointaine.
On arrivait au sommet du plateau.   Accroché aux cordes
de la bâche, Bigarreau (car on a deviné que c'était lui)
songea sans doute qu'il était imprudent de se risquer en 15
plaine, lorsque les futaies voisines lui offraient un asile à
la fois plus frais et plus sûr.   A un endroit où les roues
frôlaient les digitales du talus,[2] il se laissa choir dans
l'herbe mouillée, quittant incognito, comme il y était
monté, le briska qui se mit à trotter sur la route aplanie 20
et disparut bientôt dans la poussière du grand chemin.
Après avoir suivi de l'œil ce nimbe poudreux qui décrois-
sait et se rapetissait dans la l. mière vermeille du soleil
levant, Bigarreau franchit le fossé, chaussa ses sabots et
s'enfonça sous bois, à l'aventure.   25

Il marchait droit devant lui.   Tout enivré de sa liberté
reconquise, il savourait insoucieusement le plaisir de vaga-
bonder à son aise, sans se demander où il irait, ni comment il vivrait.   L'important; pour le quart d'heure, était
de dépister les gardiens ;[3] il avait sur eux deux heures 30
d'avance et il les défiait bien de deviner quelle direction
il avait prise.   Il fit ainsi une bonne lieue en forêt, recher-

chant les fourrès et fuyant lès clairières. Au bout d'une
heure, la déclivité du terrain devint sensible et, après
avoir dévalé rapidement le long du couloir d'une tranchée,
Bigarreau se trouva au fond d'une gorge où courait un
5 ruisseau.

L'endroit était très solitaire. Des deux côtés, les pentes
boisées se relevaient presque à pic, veloutant d'une ombre
froide la mince bande de prairie où le ruisseau creusait
son lit à travers les salicaires, les épilobes roses et les
10 spirées.   Deux ou trois merles, seuls hôtes de cette
combe, étaient occupés à se baigner dans le courant lorsque Bigarreau déboucha sur la rive.   Ce fut à peine s'ils
se dérangèrent, et le plaisir que semblait leur procurer ce
bain matinal engagea le détenu à les imiter.   Il eut vite
15 mis bas ses vêtements et il se plongea avec délice dans
cette eau limpide que parfumait l'odeur des menthes et
des reines des prés.   Quand il s'y fut amplement débar-
bouillé, il alla se sécher en se roulant sur le tapis enso-
leillé de la pelouse, puis il se rhabilla lentement.   Pendant
20 qu'il passait son pantalon, une idée ingénieuse lui illumina
le cerveau.   Au lieu de rendosser sa veste d'uniforme, il
la roula en paquet et l'enfouit sous une large pierre plate,
à l'abri d'un buisson.— Cette partie de son vêtement
portait une étiquette matricule et avait une coupe régle-
25 mentaire qui sentait la prison ; elle aurait pu le trahir,
tandis qu'en bras de chemise et en pantalon de coutil, il
pouvait passer à la rigueur pour un paysan.

Ces sages précautions une fois prises, il jeta autour de
lui un regard d'affamé.   Il avait mal soupé la veille et le
30 bain venait de lui creuser encore plus à fond l'estomac.
Après quelques investigations, il découvrit des fraises
mûres dans l'herbe d'un talus exposé au midi,[1] et des

framboises sauvages dans les halliers qui avoisinaient le
ruisseau. Le déjeuner était frugal, mais exquis, et, après
avoir dépouillé fraisiers et framboisiers, maître Bigarreau
se trouva un peu regaillardi. Alors il s'étendit sur la
pelouse, la tête à l'ombre et les pieds au soleil, et, bercé 5
par le glouglou du ruisseau, il s'assoupit légèrement.

Ce doux somme durait depuis une heure environ, quand
il fut troublé par un bruit de branches froissées et surtout par une fraîche voix féminine, dont Bigarreau crut
d'abord entendre la chanson dans un rêve. Il entr' 10
ouvrit les yeux ; mais, avec cette prudence acquise pendant son séjour à la centrale et devenue en quelque sorte
une seconde nature, il ne bougea pas, afin de voir autant
que possible sans être vu. Précaution inutile, car il était
déjà lui-même depuis deux minutes un sujet d'observation. 15

Il aperçut à dix pas la chanteuse dont la voix l'avait
éveillé. C'était une fillette de quinze ans environ. Un
panier à demi rempli de fraises dans une main, un morceau de pain de ménage[1] dans l'autre, elle s'était arrêtée
sur le bord du ruisseau, oubliant de manger pour exami- 20
ner ce dormeur qui lui était inconnu. Bigarreau, toujours
immobile, feignait de continuer son somme, afin de ruminer[2] ce qu'il allait dire et faire en cette conjoncture, et,
tout à travers ses réflexions, il épiait sournoisement la
nouvelle venue. 25

Elle était vêtue simplement et avait aux pieds des
brodequins trop larges. Ses bras nus et maigres étaient bronzés par le hâle, ainsi que son visage, dont la
marche et la chaleur avaient néanmoins rosé les joues.
Ses cheveux bruns, très abondants et mal retenus par un 30
peigne de corne, retombaient en mèches frisottantes[3] sur
sa nuque, sur son front et jusque sur deux yeux noirs,

très ouverts, qui regardaient avec un mélange de curiosité
et de méfiance Bigarreau vautré dans les grandes herbes.
— L'examen, en somme, ne parut pas avoir été trop dé-
favorable.　L'ex-numéro vingt-quatre n'avait pas mauvaise
5 figure dans cet encadrement de hautes tiges vertes.　Le
bain semblait l'avoir purifié des souillures de la prison;
ses joues et ses lèvres avaient retrouvé les couleurs vives
auxquelles il devait son nom de Bigarreau, et son attitude
abandonnée de dormeur lui donnait l'air bon enfant.　La
10 fillette, un peu rassurée, hasarda quelques pas vers le
garçon, qui, de son côté, jugea le moment venu de secouer
sa feinte somnolence.

Il étira les bras comme quelqu'un qui s'éveille, se
frotta les yeux et se souleva sur le coude.　Un sourire
15 malicieux ouvrit la bouche assez grande de la jeune fille.

— Ga! s'exclama-t-elle, vous avez le sommeil dur!

— Dame,[1] répondit Bigarreau avec aplomb, quand on
est fatigué, vous savez, on . . . (il allait dire: " on
pionce," mais, par une sorte de retenue, il renfonça dans
20 son gosier ce terme d'argot) on dort comme une souche.
. . . Qui dort dîne!

— Vous n'avez pourtant pas jeûné tout à fait, répliqua-
t-elle en jetant un regard ironique sur les framboisiers
encore froissés de la cueillette du matin; il y avait ici
25 tout plein de framboises, et il n'en reste plus la queue[2]
d'une!

En achevant, elle rit aux éclats, et cet accès de bonne
humeur poussa Bigarreau dans la voie des aveux.

— C'est de la viande creuse![3] soupira-t-il en lorgnant le
30 quignon de pain bis de la jeune fille; ça ne tient pas à
l'estomac.[4]

Elle parut comprendre l'éloquence de cette œillado
intéressée:

— Si vous avez faim, reprit-elle brusquement, il faut le dire. . . . Je vous donnerai volontiers la moitié de mon pain.

— Ce n'est pas de refus,[1] car je n'ai rien mangé depuis hier au soir. 5

Elle rompit le morceau de pain en deux et le tendit gentiment à son interlocuteur avec le panier de fraises.

— Ne vous gênez pas, ajouta-t-elle, j'en ai à ma suffisance.

Il ne se fit pas prier, et il joua des dents.[2] Il dévorait. 10 Elle s'était accroupie dans l'herbe et le regardait, avec un demi-sourire d'ébaubissement, engloutir le pain et les fraises. Il finit par être honteux de sa voracité, et, après avoir arrosé sa collation d'une gorgée d'eau puisée dans le creux de sa main : 15

— Ouf ! murmura-t-il, ça va mieux. . . . Merci ! . . . Il était temps, et je tombais de faim.

— Vrai ? . . . Vous ne mangez donc pas votre content[3] chez vous ?

— Pas toujours, répondit-il laconiquement. 20

— Est-ce que vous êtes de Colmiers ?

— Non.

— Du Val-Serveux, peut-être ?

Il l'examinait de nouveau avec embarras ; la franchise des yeux limpides et peu intimidés de la fillette le prédis- 25 posait à la confiance.

— Je suis, répondit-il, d'un endroit près d'Auberive. . . . Connaissez-vous ce pays-là ?

— Je n'y suis jamais allée, mais mon père le connaît. . . . Est-ce que ce n'est pas à Auberive qu'il y a des 30 prisonniers ?

A cette question non prévue, l'embarras du garçon redoubla.

— Oui . . . je crois, balbutia-t-il évasivement.

Son trouble n'avait pas échappé à la fillette. Elle le dévisageait avec une attention inquiète, et il se sentait rougir sous le regard obstiné de ces jeunes yeux inquisi-
5 teurs. Pour rompre les chiens,[1] il la questionna à son tour :

— Que fait-il, votre père ?

— Il est sabotier. . . . Nous travaillons pour le moment dans la vente du Val-Serveux. . . . L'an dernier,
10 nous avions notre chantier dans les bois de Gurgis.

— Vous êtes beaucoup, dans votre chantier ?

— Non ; il y a le père, il y a moi, et puis le Champenois,[2] notre compagnon.

— Comment vous appelez-vous ?

15 — Norine. . . . Norine Vincart. . . . Et vous ?

— Moi ? . . . Bigarreau.

La bouche de la jeune fille se fendit de nouveau pour laisser passer un sonore éclat de rire.

— C'est un nom de cerise, ça, ce n'est pas un nom de
20 chrétien !

— C'est un surnom, expliqua-t-il brièvement.

Il y eut quelques minutes de silence. Bigarreau mâchonnait nerveusement une tige de menthe ; la jeune fille trempait l'une de ses mains dans l'eau et s'amusait à faire
25 rouler des gouttelettes brillantes le long de son bras nu. Elle jeta un regard perçant sur son vis-à-vis ; puis, reprenant ses questions :

— Vous étiez en service, à Auberive ? demanda-t-elle.

— Oui.

30 — Et vous vous êtes sauvé de chez vos maîtres, hein ?

— Vous avez deviné juste, se hâta-t-il de répondre, espérant ainsi être quitte[3] de cet interrogatoire embarras-

sant; mais il avait compté la curiosité tenace de la fille
du sabotier.

— Comment s'appelaient-ils, vos maîtres? poursuivit-
elle.

Bigarreau, pris au dépourvu, chercha un nom vraisem- 5
blable et n'en trouva pas tout d'abord; puis il réfléchit
que s'il nommait au hasard quelqu'un d'Auberive, son
mensonge risquait d'être vite éventé par ce juge instructeur[1] en jupons. L'impatience le prit et il repartit, agacé :

— Ma foi, je ne m'en souviens plus. 10

Une moue soupçonneuse plissa les lèvres de Norine. —
Vous avez la mémoire courte! murmura-t-elle sèchement.

Elle fronça les sourcils, leva un doigt en l'air, et, regardant le malheureux Bigarreau droit dans les yeux :—
Tenez, vous me contez des menteries! . . . J'ai en idée 15
que vous sortez de la prison d'Auberive, d'où vous vous
êtes sauvé en prenant votre congé sous la semelle de
vos souliers.[2] . . .

En même temps, elle s'était levée avec précipitation et
avait reculé de trois ou quatre pas, tandis que Bigarreau, 20
déconcerté, se mettait lui-même sur ses pieds.

— Oh! continua-t-elle en toisant intrépidement le détenu qui avait repris son air farouche, ne me regardez pas
comme si vous vouliez m'avaler ! . . . Vous ne me faites
pas peur et je n'ai qu'à crier pour appeler nos gens. 25

— Ne criez pas! supplia Bigarreau d'une voix sourde,
j'aime mieux vous dire toute la vérité. . . . Oui, je me
suis sauvé de la prison, mais vous n'avez pas besoin de
prendre peur. . . . Je ne veux de mal à personne, à
vous moins qu'à tout autre. . . . Je vous en prie, ne me 30
vendez pas![3]

Alors, hâtivement, il lui conta son histoire, sans omettre

l'aventure de la veille.   Il parla du régime de la prison,
des mauvais traitements des gardiens, et montra ses mains
encore gonflées par les meurtrissures des *patoches*.

Peu à peu Norine s'était rapprochée; elle finit par
5 s'agenouiller dans l'herbe.   Elle écoutait avec un intérêt
croissant le récit des misères de Bigarreau; ses yeux noirs
tantôt devenaient humides et tantôt flambaient d'indigna-
tion.   Elle prit même l'une des mains du fugitif et examina avec une compassion attendrie les marques violacées
10 qui témoignaient de la cruauté des gardiens.

— Les sauvages! s'exclama-t-elle, ils vous battaient?
. . .   C'est lâche de se mettre à plusieurs[1] pour rouer de
coups un *gachenet!*[2] . . .   Quel âge avez-vous?

— Je suis dans ma seizième année.

15 — Comme moi.   Et vous vous êtes échappé? . . .
Vous avez eu grandement raison; j'en aurais fait autant
à votre place! . . .   Maintenant, qu'allez-vous devenir?

Bigarreau répondit que toute sa peur était d'être repris,
parce qu'alors la punition serait terrible.   Il avait l'inten-
20 tion de se cacher dans les bois pendant le jour, et de
voyager la nuit jusqu'à ce qu'il fût très loin de la maison
centrale. . . .   Alors il tâcherait de trouver du travail
dans quelque usine.

— Je suis fort, ajouta-t-il en montrant ses bras, et je
25 pourrais gagner facilement mon pain. . . .   Je ne rechigne
pas à l'ouvrage.

Norine était devenue pensive.   Etendu dans l'herbe,
elle restait accoudée, les doigts enfoncés dans ses cheveux; les plis verticaux que dessinaient à la base du
30 front ses sourcils rapprochés indiquait qu'elle se livrait à
une méditation laborieuse.

— Attendez, dit-elle enfin après quelques minutes, je

crois que j'ai votre affaire. . . . Mon père a comme une
idée d'embaucher un apprenti. . . . Il en a surtout
besoin maintenant que le Champenois est allé passer
une quinzaine dans son pays. . . . Ça vous déplairait-il
d'apprendre le métier de sabotier ?   5

—Non. . . . J'ai tant fait de métiers que je ne suis
pas difficile sur le choix.

—Vous seriez bien caché ici. . . . C'est grande aventure quand on y rencontre d'autres gens que les bûcherons
du val Val-Serveux, sauf en automne, lorsque la chasse 10
est ouverte, et alors nous aurons quitté la place. . . .
Pour sûr, les gendarmes ne viendraient pas vous y chercher.

—Oui, mais votre père voudra-t-il prendre avec lui un
échappé de prison ?   15

—Ceci me regarde ! répliqua Norine d'un ton décidé
et avec un petit air d'importance très drôle. . . . Venez
avec moi.

Elle lui prit la main, et ils côtoyèrent ensemble le bord
du ruisseau jusqu'à un tournant d'où on apercevait la 20
coupe de bois[1] et le campement des sabotiers.

Là, Norine fit asseoir son protégé derrière une *bouillée*[2]
de saules et lui enjoignit de rester coi jusqu'au moment
où elle jugerait à propos de l'appeler.

—Je vais parler au père Vincart, dit-elle, ne bougez 25
pas. . . . Quand vous m'entendrez hucher trois fois en
imitant le cri du coucou, c'est que l'affaire sera arrangée.
Alors vous n'aurez qu'à monter dans la coupe, et j'irai
au-devant de vous.

Elle traversa le ruisseau en sautant adroitement sur de 30
grosses pierres et chemina à travers les stères de rondins
empilés, jusqu'à un pli de terrain derrière lequel se trouvait le chantier.

L'installation des sabotiers se composait d'une large hutte conique, recouverte de terre moussue, et d'une loge au toit de ramilles, où les grosses de sabots confectionnés reposaient sous un lit de copeaux. L'atelier proprement
5 dit était en plein air, et, au moment où Norine y arriva, le père Vincart, à cheval sur son billot, ébauchait à l'aide de son erminette une couple de sabots dans une tronce[1] de hêtre. Sa chemise ouverte laissait entrevoir sa poitrine hâlée, velue et grisonnante. C'était un petit homme
10 voûté, approchant de la cinquantaine, trés vif, le nez en l'air, la bouche gourmande, l'œil rieur et humide.

Au bruit du pas de Norine, il releva la tête et accueillit sa fille par un sourire narquois qui plissa de petites rides autour de ses yeux.

15 — Hé! dit-il, ma *gachette*,[2] sans reproche, vous avez mis du temps à finir votre déjeuner.

La jeune fille prit sa mine la plus sérieuse et répliqua d'un ton d'enfant gâtée :

— Je vous conseille de vous plaindre : je m'occupais de
20 vos affaires.

— Ouais! De quelques affaires?

— N'avez-vous point dit, l'autre soir, que vous seriez bien aise d'avoir un apprenti?

— Le fait est que le Champenois me manque grande-
25 ment et que j'aurais embauché volontiers quelqu'un pour nous donner un coup de main. . . .[3] Mais les apprentis ne poussent pas dans la forêt comme des champignons.

— J'en ai pourtant trouvé un à la Fontenelle, et je l'ai embauché.

30 — Hein! s'écria le sabotier, interloqué, il me semble que vous allez vite en besogne, ma mie ;[4] il ne s'agit pas de prendre le premier venu.

— Ce n'est pas le premier venu, riposta vertement la fillette ; c'est un *gachenet* solide et qui abattra de l'ouvrage.[1]

— Et d'où sort-il, ce gachenet ?

Norine baissa la tête un moment : puis, la redressant 5 avec aplomb :

— C'est un garçon, reprit-elle, qui était en service chez des vanniers ; ils le rouaient de coups, et il les a plantés là. . . . Je l'ai rencontré à la Fontenelle : il avait faim, et je lui ai donné à déjeuner. 10

Le sabotier hocha le menton d'un air médiocrement émerveillé.

— Belle recommandation, murmura-t-il ; c'est bien de vous [2] cela, Norine, de vous *enfagoter* d'un camp-volant ![3] 15

— Je ne me laisse pas enfagoter ; je l'ai tourné et retourné de toutes les façons, et je vous réponds que vous en aurez satisfaction. . . . Maintenant, si vous ne vous fiez pas à moi, vous êtes libre de ne pas le prendre ! . . . Vous ferez une sottise, voilà tout, et le pauvre gachenet 20 ira mourir de faim sur les routes.

Elle prononça ces derniers mots d'un ton vexé, en les accentuant d'une moue de mauvaise humeur. Ce manège ne manquait jamais son effet sur le bonhomme Vincart.

— Qui te parle de ne pas le prendre ? répondit-il déjà 25 à demi converti. Je ne dis pas non, seulement je ne me soucie pas d'acheter chat en poche[4] et je voudrais le voir. . . . Où niche-t-il, ton gachenet ?[5]

— Je vais vous le montrer. . . . Du reste, vous ne serez pas mariés ensemble, et quand le Champenois re- 30 viendra, vous serez toujours à temps pour renvoyer. . . . Claude Pinson, si son travail ne vous convient pas.

Pendant ce colloque où l'on décidait de son sort, Bigarreau, assis derrière sa bouillée de saules, attendait, le cœur battant. Depuis bien longtemps, il n'avait été pénétré d'une émotion à la fois si poignante et si douce.
5 La rencontre de Norine, la façon dont elle l'avait secouru, constituaient pour cet adolescent, jusqu'alors traité en paria, des événements tout à fait nouveaux et tenant presque du merveilleux.[1] Il tremblait que cette chance inespérée ne s'envolât tout d'un coup, comme ces libellu-
10 les bleues dont il voyait un moment les ailes frissonner au-dessus du ruisseau, puis qui disparaissaient pour ne plus revenir. Les minutes lui semblaient étrangement longues, et, bien qu'il attendît seulement depuis un quart d'heure, il commençait à se décourager.

15 — Allons, songeait-il, c'est qu'on ne veut pas de moi. . . .

Au même instant, il entendit du côté du chantier un appel sonore retentir trois fois:

— Hou . . . oup! hou . . . oup! hou . . . oup!

20 Il se leva tout d'une pièce,[2] et, sortant de sa cachette, il s'engagea dans la coupe. Bientôt, entre deux piles de souches, il distingua Norine qui accourait au-devant de lui.

— Venez! fit-elle tout essoufflée en le rejoignant, le
25 père consent à vous prendre à l'essai.[3] . . . Je lui ai dit que vous vous appeliez Claude Pinson et que vous étiez en service chez des vanniers qui vous battaient. . . . Retenez bien tout ça, afin de ne pas vous couper[4] quand il vous questionnera.

30 Elle s'arrêta pour rattraper son haleine, et ses yeux limpides se fixèrent longuement sur les yeux bleus de Bigarreau.

— J'ai été forcée, reprit-elle, de dire des menteries au père pour l'amadouer, et ça me fait gros cœur[1] de le tromper. . . . Tâchez que je n'en aie point regret.

Pour la première fois en sa vie, Bigarreau se rendait compte de ce que ce pouvait être que la bonté, et, pour 5 la première fois, ses yeux se mouillèrent de larmes qui n'étaient arrachées ni par la douleur ni par la colère. Au fond de lui, la source de sensibilité qui se tient cachée au cœur de tout être humain jaillit brusquement. Dans un élan de gratitude, il saisit la main de Norine et 10 la pressa entre ses gros doigts meurtris.

La fillette garda la main du détenu dans la sienne, et ils se dirigèrent ainsi vers l'atelier en plein vent, où le père Vincart s'était remis à dégrossir son sabot.

— Voici Claude Pinson, dit Norine. 15

Le sabotier leva le nez et toisa des pieds à la tête Bigarreau, qui frottait d'un air confus sa main contre son pantalon.

— C'est un gaillard ! murmura enfin le sabotier d'un ton satisfait, et s'il a aussi bonne envie de travailler qu'il 20 a bonne mine, nous pourrons nous arranger. . . . Mon gars, Norine m'a parlé de toi, et je te prends à l'essai ; nous verrons ce que tu sais faire. . . . Ici, il faut trimer dur, mais on n'est pas battu. . . . Ça te va-t-il ?[2]

— Oui, m'sieu. 25

— Eh bien ! pour ajourd'hui, la gachette va te mettre au courant[3] du métier, car elle s'y entend comme un homme, et elle n'a pas son pareil pour manier le *paroir*[4] et donner le fion à un sabot. . . . Demain, je te planterai un outil dans la main, et nous saurons de quoi tu 30 es capable.

IV.

Deux heures. C'est le moment où la forêt, sous le flamboiement du soleil d'été, est comme grisée et semble s'assoupir. — Sur une grosse pierre surplombant au-dessus du ruisseau de la Fontenelle, très resserré et rapide en
5 cet endroit, Norine Vincart et Bigarreau étaient assis, laissant pendre leurs pieds à fleur du courant. Ils s'étaient déchaussés, et l'eau, dans sa course hâtive, baignait leurs pieds avec un léger bouillonnement. Il y avait déjà un peu plus de quinze jours que le faux Claude
10 Pinson servait d'apprenti au père Vincart. On l'employait à fendre et à scier les billes de hêtre, et comme il était robuste et alerte, il s'acquittait à merveille de cette besogne. Cette quinzaine lui avait paru faite uniquement de jours pleinement heureux. Le père Vincart,
15 bien que rageur[1] et peu patient, n'était pas un méchant homme ; quant à Norine, elle avait pris en affection son protégé, et, comme en sa qualité d'enfant gâtée et volontaire elle menait son père par le bout du nez, elle rendait la vie très douce au nouveau-venu. — Elle l'avait habillé
20 avec une vieille veste du sabotier, façonnée à la taille de Bigarreau, et elle lui avait installé un lit dans la loge où l'on emmagasinait les sabots, à côté du carré de paille et de fougère réservé au compagnon absent. Là, emmitouflé dans une couverture de cheval, l'ancien détenu
25 dormait à poings fermés[2] jusqu'à l'aube, puis s'éveillait frais et dispos, à la chanson des grives et à la voix de la matineuse Norine.

Encore qu'on travaillât ferme[3] au chantier du père Vincart, néanmoins on trouvait le moyen de prendre du bon temps, et la journée comptait des heures de récréation et de repos. La besogne commençait au petit jour et durait jusqu'au moment du goûter. Pendant la grosse chaleur de l'après-midi, le sabotier faisait la sieste, et l'ouvrage ne reprenait que vers quatre heures. Norine 5 et Bigarreau en profitaient pour courir de compagnie les bois environnants. La fillette, souple comme une couleuvre et vive comme un écureuil, initiait son compagnon à toutes les jouissances de la vie forestière. Elle savait tendre des collets[1] pour les lièvres et pêcher à la main, 10 dans le ruisseau, des truites et des écrevisses. Elle connaissait dans les bruyères ou le long des sentes herbeuses les bonnes places à champignons, où l'on était sûr de faire une ample récolte de cèpes.[2] Cette existence solitaire dans le milieu salubre des bois, ces journées de 15 travail au grand air, coupées de flâneries à travers les taillis, avaient rapidement métamorphosé Bigarreau. Ce n'était déjà plus le détenu sournois et farouche, sur les épaules duquel pleuvaient les taloches des gardiens de la maison centrale, le garnement perverti par des années 20 de vagabondage ; son naturel bon enfant et insouciant avait repris le dessus.[3] Grâce au contact journalier de la petite fée sauvage qui était devenue sa compagne et son initiatrice, il découvrait maintenant en son pardedans[4] des germes de délicatesse et de sensibilité dont 25 il était lui-même émerveillé.

Donc, en ce moment, Bigarreau trempait avec délices ses pieds dans le courant de la Fontenelle, et en même temps son être entier nageait dans une félicité plus rafraîchissante que l'eau de la source. 30

— Eh bien ! Claude, dit Norine en le regardant en dessous, est-ce la chaleur qui vous ôte la parole ? Vous êtes muet comme un poisson.

— Ce n'est pas la chaleur, répondit-il, c'est le contente-
ment. Il me semble que je rêve et j'ai peur de me ré-
veiller. Des fois, quand je dormais dans mon hamac, à
la centrale, il m'arrivait de rêver que j'étais libre ; puis,
5 me réveillant à moitié, je m'apercevais que ce n'était
qu'un rêve et j'essayais de me rendormir pour le faire
durer. . . . A cette heure, c'est la même chose : je
n'ose pas bouger, de peur de voir tout d'un coup la
Fontenelle, le chantier et vous-même, Norine, disparaître
10 comme une fumée, et de me retrouver sous la griffe du
gardien-chef.

— Il ne tient qu'à vous que cela dure.[1] . . . Le père
est satisfait et il assure que vous avez tout ce qu'il faut
pour devenir habile dans notre métier. . . . Il vous gar-
15 dera de bon cœur . . . a moins, ajouta-t-elle avec un
malicieux clignement d'œil, à moins que ça ne vous
ennuie de rester avec nous ?

— Oh !. Norine, pouvez-vous dire ? . . . Je ne suis
content qu'auprès de vous.

20   — En ce cas, tenez-vous en repos, reprit Norine Vincart d'un ton décidé, et ne vous tourmentez pas à chercher midi à quatorze heures ![2] . . . Aujourd'hui, nous
avons congé jusqu'au soir. . . . Le père ne reviendra
du marché de Gurgis qu'à la nuitée.[3] . . . D'ici là,
25 nous sommes nos maîtres, et j'en vais profiter pour faire
un somme dans l'herbe.

Elle se dressa debout sur la pierre, étira ses bras,
égoutta au soleil ses petits pieds rougis et ruisselants ;
puis, parcourant du regard les entours du ruisseau, elle
30 avisa sur une pente ombreuse une nappe de bruyères
roses et alla s'y étendre. — En attendant que le sommeil
vînt, Norine, dans son lit de bruyères, les yeux clos à

demi, un léger sourire sur les lèvres, regardait noncha-
lamment entre ses cils son compagnon silencieux, les
arbres immobiles et le ciel parmi les branches ; peu à
peu ses paupières brunes s'abaissèrent tout à fait, ses
cils se rejoignirent, ses lèvres s'appuyèrent l'une contre 5
l'autre en faisant la moue, et elle s'endormit.

Bigarreau s'était rapproché de la dormeuse. Il avait
enlevé sa veste et la posait avec précaution sur les pieds
nus de Norine. Puis, ayant arraché une large feuille de
fougère, il l'agitait comme un éventail pour empêcher les 10
mouches de troubler le sommeil de la fillette.

Il avait fort à faire. Les mouches de rivière, rendues
plus taquines par la chaleur, volaient tout alentour avec
un monotone bourdonnement et s'obstinaient à se poser,
tantôt sur les bras de la jeune fille, tantôt sur son cou, 15
tantôt sur sa joue d'un brun rosé. — De temps à autre,
l'apprenti s'interrompait pour contempler, comme en
extase, Norine, vraiment charmante dans sa rustique
beauté.

L'émotion qu'il éprouvait avait quelque chose d'instinc- 20
tivement respectueux et de doucement étonné. Et cette
perception nouvelle, jointe à un sentiment de reconnais-
sance et de tendresse, le jetait dans une extase délici-
euse. Il contemplait Norine avec admiration, et cette
contemplation admirative et recueillie suffisait à le rendre 25
heureux.

Autour de lui et de la dormeuse, la forêt profonde
élevait ses feuillées comme pour les enfermer tous deux
dans une sécurité pacifique et verdoyante. Cette paix
n'était troublée que par le susurrement du ruisseau, qui 30
fuyait sous bois avec des airs pressés,[1] et par les lointaines voix des ramiers, qui roucoulaient, roucoulaient

toujours les mêmes notes amoureuses. Les fougères,
roussies par le soleil, exhalaient une odeur pénétrante
pareille au parfum du cassis mûr ; les tiges des genêts
dressaient çà et là leurs gousses noires et leurs fleurs
5 d'or ; sans bruit, un papillon bleu descendait du fourré,
se posait sur une salicaire pourpre, puis reprenait son vol
silencieux. — Cela dura des heures, puis Norine secoua
ses cheveux semés de fleurettes de bruyères un sourire
entr'ouvrit sa bouche.

10   — Vous voilà réveillée ? murmura Bigarreau.

— Oh ! il y a beau temps que je ne dormais plus ! [1]
. . . Je vous épiais.

— Et vous ne disiez rien ?

— Nenni ! vous vous seriez dérangé, et ça me faisait
15 plaisir de vous voir à côté de moi.

— Vrai ? s'écria-t-il en rougissant.

— Oui, vous me regardiez avec de bons yeux, et j'étais
contente de rester là sans bouger, en vous sentant tout
près. . . .   Je n'ai pas peur avec vous, ce n'est pas
20 comme avec le Champenois.

— Le Champenois ?

— Oui, l'ouvrier de mon père. . . .   Je ne peux pas le
sentir ! [2]

— Est-ce qu'il va revenir bientôt ?

25 ◦ — Apparemment ! il n'était parti que pour une quinzaine. . . .   S'il pouvait rester dans son pays, c'est moi
qui ne porterais pas son deuil ! [3] . . .   Mais il reviendra ;
d'ailleurs le père Vincart tient à lui parce qu'il est bon
ouvrier.

30   La physionomie de Bigarreau s'était assombrie.   D'a-
vance, il détestait ce Champenois, qui allait tomber dans
le chantier comme un trouble-fête.

— Voyez-vous, Claude, continua la jeune fille, quand il
sera de retour, il faudra vous méfier et tâcher de vous
mettre bien avec lui. . . . Il est jaloux et sournois, et
s'il vous prenait en grippe,[1] il serait capable de vous
faire des misères.   5

Ils s'étaient remis en route vers le chantier. Le soleil
descendait déjà à l'horizon et allongeait les ombres des
baliveaux sur le plan incliné de la coupe, dont les ron-
ciers et les broussailles semblaient flamber dans une
poussière dorée. Le père Vincart devait rentrer à la 10
brune, et Norine avait à s'occuper des préparatifs du
souper. Après avoir été puiser de l'eau à la source, tandis que Bigarreau allumait du feu en plein air, elle noua
autour de sa taille un tablier bleu, et se mit à éplucher
les légumes pour la *potée*.[2] L'apprenti occupait ses loi- 15
sirs à fendre des *ételles*,[3] tout en lorgnant la fillette, très
affairée à son épluchage. Assise sur un tronc d'arbre,
les cheveux au vent, elle dépêchait la besogne et, en
coupant les raves et les pommes de terre par quartiers,
elle fredonnait un bout de chanson.   20

Le soleil s'enfonçait de plus en plus derrière les futaies.
Son énorme globe d'un rouge vif apparaissait par seg-
ments entre les hautes branches, et dans l'herbe, çà et
là, l'eau du ruisseau se teignait de la même éblouissante
rougeur. Au Zénith, le ciel, très pur, prenait des tons de 25
turquoise. Sous la feuillée, des oiseaux se remisaient[4]
avec de faibles gazouillements, tandis que les geais se
chamaillaient encore bruyamment dans le fourré. Peu à
peu, le crépuscule arriva ; le soleil avait complètement
disparu ; les hautes campanules fleuries n'avaient déjà 30
plus qu'une faible teinte lilas, et une buée blanche, dans
les fonds,[5] suivait en rampant le cours capricieux de la

Fontenelle, dont la voix montait plus distincte à travers
la forêt silencieuse.

La marmite bouillait doucement sur le brasier.   Bigarreau quitta son billot et vint s'étendre dans l'herbe sèche,
5 aux pieds de Norine, à côté de feu, qui bleuissait sous les
cendres.   Ils ne parlaient plus ni l'un ni l'autre ; la tête
renversée, les yeux au ciel, ils regardaient les étoiles
poindre dans l'azur plus sombre.

— Pourquoi, s'écria brusquement Bigarreau, pourquoi
10 ne sommes-nous pas tous deux seuls dans le chantier ?
. . . Ce serait si bon de travailler ensemble, Norine !
. . . de préparer à nous deux notre souper et d'attendre
comme cela, l'un près de l'autre !

Au même moment, à l'orée du taillis, dans la direction
15 de la route forestière, des voix encore lointaines se firent
entendre, puis un *houp* sonore retentit dans la coupe.

— Voici le père, dit Norine en se levant, mais il me
semble qu'il n'est pas seul. . . .

En effet, le père Vincart arrivait, accompagné d'un
20 garçon en blouse avec lequel il causait en gesticulant.
Quand ils ne furent plus qu'à une vingtaine de pas, les
yeux perçants de Norine reconnurent le nouveau-venu.

— Ga ! murmura-t-elle, c'est cette méchante graine de
Champenois.[1]

25   — Ohé ! les enfants ! cria Vincart, la soupe est-elle
prête ? . . . J'amène du renfort.   Figurez-vous qu'en
quittant la route de Gurgis, j'ai recontré ce camarade-là
qui s'en revenait chez nous.

— Bonsoir *tourtous !* [2] répondit Norine d'un ton de
30 mauvaise humeur.   Patientez un brin, la potée va être
cuite.

— Bonsoir donc, Norine ! reprit à son tour avec une

intonation mielleuse le compagnon, en se débarrassant de son havre-sac. Ça va-t-il comme vous voulez?[1]

En même temps, il dévisageait Bigarreau, qui, de son côté, soutenait hardiment l'examen du nouvel arrivant. Aux dernières clartés du crépuscule, l'apprenti distinguait 5 un garçon trapu aux façons cauteleuses, à la bouche méchante et au regard louche. Une barbe rare et mal plantée[2] ornait son menton; il avait les joues luisantes, et au-dessus des yeux deux lignes rouges presque glabres en guise de sourcils. 10

— C'est Claude Pinson, l'apprenti dont je t'ai parlé, dit le sabotier en réponse à la muette interrogation du compagnon. . . . Claude, mon gachenet, voici le Champenois; c'est lui qui continuera ton éducation, et tu lui obéiras comme à moi. . . . Maintenant que vous avez 15 fait connaissance, asseyons-nous et donnons un coup de dent.[3]

Norine avait apporté les écuelles de faïence brune et blanche, et taillé dedans des tranches de pain sur lesquelles elle versa la potée. Pendant un bon moment, on 20 n'entendit plus que le bruit des mâchoires et le tic-tac des cuillers. Quand la première faim fut passée, le père Vincart se retourna vers le Champenois:

— Rien de nouveau par chez vous? demanda-t-il.

— Rien . . . mais en revenant, je me suis arrêté à Au- 25 berive; c'est là qu'il y a du *raffut* (du bruit): un des gamins qui travaillaient à la nouvelle prison s'est sauvé, et ça a mis le pays sens dessus dessous.

Bigarreau tressauta sur son tronc d'arbre et Norine dut le pincer violemment pour lui recommander la prudence. 30 La nuit était déjà trop brune pour qu'on pût s'apercevoir de l'altération des traits de l'apprenti, mais dans son émotion il laissa choir son écuelle, qui alla se briser sur un caillou.

— Fichu maladroit ![1] s'exclama le père Vincart, c'est comme ça que tu arranges ma vaisselle plate !

5 — Espérons, ajouta en ricanant le Champenois, qu'il est plus adroit de ses mains quand il tient un outil ! . . . Oui, patron, l'un de leurs prisonniers s'est donné de l'air ;[2] mais ils le repinceront. . . . Ils ont envoyé partout son signalement et la gendarmerie est à ses trousses. . . .

V.

10 Prenez garde ! murmura le lendemain Norine à Bigarreau, qui passait près d'elle en brouettant des rondins,[3] hier, quand vous avez lâché votre écuelle, vous m'avez tourné le sang ![4] . . . Si vous perdez la tête ainsi dès le premier jour, le Champenois qui est rusé comme 15 une fouine, aura tôt éventé notre secret,[5] et il ne manquera pas de s'en servir contre vous.

— Cet homme-là ne me revient pas, répondit l'apprenti, et je le déteste déjà.

— N'importe, il faut lui montrer bon visage. . . . Il 20 vaut mieux l'avoir avec soi que contre soi.

Bigarreau promit d'être prudent et s'efforça même d'amadouer celui qui était chargé de le diriger dans son travail. Mais on eût dit que le Champenois était prévenu contre le nouvel hôte du chantier. Il cherchait 25 constamment à le prendre en faute. Sachant fort bien que Bigarreau était encore novice au métier, il lui confiait néanmoins des besognes difficiles, et quand le malheureux

avait gâté une bille de bois ou donné de travers un coup
d'erminette, le Champenois appelait le père Vincart et
lui démontrait, pièces en mains, que l'apprenti ne serait
jamais qu'un maladroit.

Norine, de son côté, afin d'adoucir l'humeur du Champe- 5
nois, avait pris sur elle[1] de se montrer moins revêche, et
de ne plus accueillir comme auparavant par de mordantes
rebuffades les lourdes galanteries de celui qu'elle appelait *le Louchard*.[2] Mais là encore le résultat ne fut pas à
l'avantage de son protégé. Voyant qu'on ne le rabrouait 10
plus comme autrefois, le Champenois attribua ce change-
ment au prestige de sa mine et s'imagina que Norine
commençait à s'apprivoiser. Elle ne put cependant sur-
monter son dégoût bien longtemps et elle reprit ses
façons âpres et méprisantes. Ce revirement irrita vio- 15
lemment le vindicatif compagnon et réveilla ses soupçons
un moment assoupis. — La jalousie développe chez ceux
qu'elle envahit une perspicacité très pénétrante ; elle
affine l'esprit et donne aux sens de la vision et de l'ouïe
une acuité presque maladive. Le Champenois flaira une 20
odeur d'amour[3] dans le chantier du père Vincart. Il
épia les deux adolescents et devina avant eux la nature
du sentiment encore inconscient qui les inclinait l'un vers
l'autre. A partir de ce moment sa vanité blessée engen-
dra de haineuses rancunes dont l'infortuné Bigarreau fut 25
la victime. L'ouvrier sabotier, s'ingéniant à lui rendre
la vie dure, ne lui épargna ni les invectives, ni les mauvais traitements.

Bigarreau, habitué depuis longtemps au régime de la
prison et aux torgnoles[4] des gardiens, supporta d'abord 30
assez philosophiquement la méchante humeur et les in-
justes procédés du compagnon. Néanmoins, parfois la

moutarde lui montait au nez et[1] il était obligé de ravaler
péniblement sa colère, afin d'éviter une rixe qui n'eût
pas manqué de se terminer à son dam[2] et de déterminer
son renvoi du chantier.

5   — Je n'y tiens plus![3] disait-il à Norine, un matin qu'ils
péchaient ensemble des écrevisses dans le ruisseau de la
Fontenelle, si *le Louchard* continue, je finirai par lui
sauter à la gorge et l'étrangler.

— Ayez patience, mon pauvre Claude, répondit la
10 jeune fille en tirant hors de l'eau ses bras ruisselants et
en rejetant en arrière les cheveux rebelles qui lui retombaient sur les yeux, tout ça passera comme une giboulée
de mars. . . . Le Champenois ne restera pas toujours
chez nous. . . . Je trouverai moyen de le brouiller avec
15 le père et de lui faire donner congé.[4] . . . Seulement,
jusque-là, il faut ruser, car il est malin comme un âne
rouge, et tant que nous serons dans ce pays-ci, j'ai toujours peur qu'il n'arrive à deviner d'où vous venez. . . .

Elle avait relevé la tête, et, tournée vers Bigarreau, elle
20 essayait de l'encourager avec un clair regard souriant.

Elle était plantée au fil de l'eau, et la retombée des
aulnes, entre-croisant leurs branches au-dessus du courant, l'enveloppait d'une fraîche obscurité au fond de laquelle ses yeux noirs brillaient comme des diamants dans
25 l'ombre :

— Malheureusement, ajouta-t-elle en baissant la voix,
je crains bien que sa méchante cervelle ne travaille déjà
là-dessus.[5] . . . Et, à propos, ne m'avez-vous pas dit,
Claude, que vous aviez caché près d'ici votre veste d'uni-
30 forme ?

— Oui, sous une pierre, au tournant de la Fontenelle.

— Si vous m'en croyez, vous irez la déterrer et vous la

jetterez au fond d'un trou, ou bien vous la brûlerez, ce
qui serait encore plus sûr.

— Pensez-vous que notre *Louchard* l'aille dénicher là
où elle est?

— Je crains tout de la part d'une mauvaise bête comme 5
le Champenois.

— Bah! repartit insoucieusement Bigarreau, si la male-
chance veut que je sois repris, j'aurai beau me cacher
dans un trou de renard, on me pincera toujours. . . .
Dans ma vie, je n'ai jamais eu de veine,[1] moi, excepté, le 10
jour où je suis venu vers vous. . . .

— Raison de plus[2] pour tâcher d'y rester! s'écria Norine en fronçant le sourcil et en sautant impétueusement
hors de l'eau. . . . Vous ne pensez qu'à vous! continua-
t-elle avec humeur et d'un ton de reproche. 15

Elle était allée s'asseoir au soleil, parmi les serpolets
du talus et elle s'y était étendue d'un air boudeur, les
coudes dans l'herbe, les doigts enfoncés dans ses cheveux
ébouriffés. Bigarreau alla l'y rejoindre.

— Je vous ai fâchée, Norine? demanda-t-il. 20

— Oui, répliqua-t-elle avec dépit; vous vous entêtez à
ne rien écouter et vous ne vous inquiétez pas de ce qui
tourmente les autres.

Il lui prit le bras et s'efforça de lui découvrir la figure,
qu'elle s'obstinait à tenir cachée dans ses mains: 25

— Pardon, ma petite Norine! balbutia-t-il avec des in-
tonations suppliantes, je n'avais pas intention de vous
faire de la peine. . . . Si je ne pense qu'à moi, c'est une
mauvaise habitude que j'ai prise dans le temps, personne
avant vous ne s'étant jamais inquiété de ce qui pouvait 30
m'arriver. . . . Mais il faudrait être le dernier des sans-
cœur pour oublier vos bontés![3]

Il avait réussi à lui saisir les mains et elle les lui laissa.
Ils gardaient maintenant le silence tous deux. La forêt
les berçait maternellement dans son giron avec ses bour-
donnements d'insectes, ses bruits d'eau courante et ses
5 lointains roucoulements de ramiers.

Norine releva lentement vers l'apprenti ses yeux, dont
les prunelles noires étaient devenues humides comme des
mûres après la rosée.

—Vous me promettez de vous tenir sur vos gardes,
10 n'est-ce pas ? murmura-t-elle d'une voix attendrie. J'ai
en idée que le Champenois rumine quelque mauvaiseté [1]
contre vous.

—Pourquoi ?

—Parce qu'il est jaloux. . . .   Ce matin, comme nous
15 étions dans la loge, il a voulu m'embrasser et je lui ai
donné de ma main par la figure.[2] Alors il a ricané et m'a
dit en me regardant avec son méchant œil de travers :
"Si ce camp-volant [3] d'apprenti était à ma place, vous
feriez moins la difficile ! " [4] La patience m'a échappé et
20 je lui ai jeté au nez :[5] "Certes oui, je l'aimerais mieux
qu'un vilian louchard comme vous ! "

Bigarreau, était devenu rouge.

—Et . . . est-ce que c'est vrai, Norine ?

—Je ne mens jamais, balbutia-t-elle en enfouissant sa
25 figure dans les serpolets.

Et elle poursuivit d'une voix quasi-étouffée par les
herbes :

—J'ai plus d'amitié pour vous que vous n'en avez
pour moi ! . . . J'ai bien vu tout à l'heure que vous
30 vous accoutumeriez à l'idée de me quitter, tandis que moi
. . . si vous partiez. . . .

Elle s'interrompit pour fondre en larmes.

—Norine, ma petite Norine, ne pleure pas !

Il avait soulevé dans ses mains la tête de la fillette, et, tout bouleversé de la voir pleurer, il avait rapproché son visage de celui de Norine. Tendrement, fraternellement, il essayait d'arrêter ses larmes en lui baisant les yeux. Brusquement elle lui jeta les bras autour du cou, et, pour la première fois, pour l'unique fois, les lèvres de Bigarreau touchèrent les lèvres de la jeune fille. Un froissement de branches, produit sans doute par quelque chevreuil qui venait boire à la Fontenelle et qui s'effarait à la vue de ces naïfs amoureux, les rappela à la réalité. Norine se dressa d'un bond sur ses pieds, et, tout empourprée, à la fois joyeuse et confuse, elle s'enfuit à son tour et disparut derrière les aunelles de ruisseau.

Bigarreau resta seul sur le talus, le cœur palpitant. Peu à peu néanmoins il se remit à penser, et se souvenant de la promesse faite à Norine, il voulut profiter de la proximité de la pierre où il avait caché sa veste, pour aller reprendre ce vêtement compromettant et s'en débarrasser à tout jamais. Il se dirigea vers la berge du ruisseau. Il touchait la pierre du pied et il la soulevait déjà, quand, en relevant prudemment la tête, il aperçut de l'autre côté de la Fontenelle, à mi-côte, la lointaine et immobile silhouette du Champenois. Il craignit d'être surpris au milieu de sa besogne, et, laissant retomber le large parpaing, il s'assit dessus, comme quelqu'un qui flâne, affecta de lancer des cailloux dans le courant, tailla un bâton dans une trochée de coudrier, puis s'éloigna d'un air indifférent.

Pendant un quart d'heure, la combe de la Fontenelle redevint solitaire. Le chevreuil que les deux jeunes gens avaient effarouché, put redescendre du couvert où

il s'était remisé[1] et venir boire à la source.   Les merles,
les grives et les geais du voisinage en firent autant.   Un
moment la nature parut reprendre le train accoutumé de
sa vie élémentaire, puis brusquement un fâcheux vint tout
5 déranger de nouveau.

Le Champenois, qui était resté tapi dans les cépées de
la pente opposée, se remit en marche vers le ruisseau
qu'il traversa sans façon[2] et dont il suivit curieusement
le cours capricieux jusqu'à cette pierre blanche où Bigar-
10 reau s'était assis, et où le campagnon s'arrêta lui-même.
Se servant de ses deux mains comme de leviers, il retourna rapidement la pierre, et sa rougeaude figure s'éclaira d'une lueur de satisfaction.

— Oui-da, murmura-t-il entre ses dents, tandis qu'il
15 dépliait la veste à demi rongée par l'humidité, voici donc
le pot aux roses![3]

Il examina le vêtement et le retourna en tous sens ; au
revers du collet on pouvait lire encore, marqué à l'encre
d'imprimerie : " Maison centrale de Cl., n° 24." Il
20 poussa un grognement sourd, replaça la veste dans sa
cachette limoneuse et fit retomber la pierre.

— J'en étais sûr, grommela-t-il, l'oiseau s'est échappé
de la cage des gens d'Auberive. . . .   Gibier de la centrale,[4] attends un peu, on ne laissera pas à tes ailes le
25 temps de repousser !

Il enfonça ses mains dans ses poches, puis en sifflot-
tant il gravit la tranchée qui coupait la forêt dans la
direction de la grand'route.   Le bruit de ses souliers
ferrés et la cadence de son sifflet s'éteignirent peu à peu
30 sous les arbres, et la combe reprit sa physionomie silencieuse et solitaire. . . .

Le Champenois reparut à l'heure du souper et conta

qu'il était allé à Colmiers, chez le maréchal ferrant, auquel il avait donné un outil à réparer. Il semblait plus loquace et de plus joyeuse humeur que d'habitude, et le père Vincart prétendit qu'il avait dû pousser jusqu'au bouchon du cabaretier.[1] Norine et Bigarreau, encore 5 tout émus de l'éclosion si brusque de leur amour, et tout occupés de savourer leurs souvenirs, prenaient peu de part à la conversation. Le souper ne traîna pas longtemps et on alla se coucher.

Le lendemain matin, le soleil se leva rutilant dans un 10 ciel d'été très pur. L'ouvrage pressait dans le chantier, et on se mit de bonne heure à la besogne. Le père Vincart et le Champenois, penchés sur leur billot, évidaient à la cuiller[2] les sabots déjà ébauchés, et les passaient à Norine, qui les finissait à l'aide du paroir. Bigarreau 15 disposait ensuite les sabots parachevés les uns à côté des autres, la pointe en haut et la tête en bas, puis les enfumait par grosses[3]. à un feu de copeaux verts. — Aux environs de dix heures, on s'était arrêté pour casser une croûte[4] et boire un coup de piquette, et, après avoir 20 travaillé des mains, l'atelier travaillait bruyamment des mâchoires. Tout à coup, en relevant la tête pour porter la bouteille à ses lèvres, le père Vincart vit quelque chose d'insolite se mouvoir entre les arbres du taillis d'en face. Les branches brusquement écartées laissaient apercevoir 25 des baudriers jaunes et des uniformes.

— Ouais ? s'exclama-t-il, en voici bien d'une autre ![5]

Norine avait tout vu en même temps que lui : — Les gendarmes ! murmura-t-elle. . . . Sauve-toi, Claude !

Bigarreau était déjà sur pied et prêt à prendre sa 30 course, quand un croc-en-jambe du Champenois l'étendit à terre. Au même moment, quelqu'un s'élança de derri-

ère la loge, et en se relevant l'apprenti se sentit harponné
par une main de fer dont il devina le propriétaire, rien
qu'à la façon dont les doigts lui meurtrissait la peau.

— Vermine ! criait le gardien-chef Seurrot en secouant
5 le malheureux détenu, je te retrouve enfin ! . . . Cette
fois je t'ôterai l'envie de jouer des jambes ! [1]

Il lui administrait des bourrades dans les reins. Bigarreau, pâle, les dents serrées, recevait les coups sans
broncher.   Les gendarmes avaient quitté l'orée du bois
10 et arrivaient au pas gymnastique.[2]

Norine avait d'abord été tellement atterrée, que le sai-
sissement lui avait coupé la parole.   Ses yeux noirs devenaient menaçants, ses mains se crispaient.

— Mauvais gueux ! s'écria-t-elle en tendant le poing
15 vers le Champenois, c'est toi qui l'as vendu !

Le compagnon avec un méchant sourire, haussa les
épaules et lui tourna le dos.

— Champenois, murmura le père Vincart indigné, je
n'aurais jamais cru ça de toi ! . . .   Puis s'adressant aux
20 gendarmes: — Pardon,   messieurs,   ajouta-t-il,   pourquoi
voulez-vous emmener ce gachenet ?

— Ce gachenet, répondit sévèrement le brigadier Fondreton, est un drôle [3] qui s'est évadé de la prison d'Auberive et que nous allons y réintégrer incontinent.[4] . . .
25 Quant à vous, père Vincart, vous avez eu tort de garder
un vaurien pareil sans en instruire l'autorité, et vous
risquez d'être poursuivi comme complice, subséquemment.
. . .   Là-dessus, en route !

Mais Norine s'était jetée entre les gendarmes et Bigar-
30 reau qu'elle essayait d'arracher à la poigne de Seurrot.

— Je vous en prie, lâchez-le, messieurs, lâchez-le ! sup-
pliait-elle. . . .   Il n'est pas méchant, il travaille, et avec

nous il deviendra un bon sujet,[1] au lieu que là-bas, avec tous ces prisonniers, il sera perdu . . . perdu ! . . . Je vous réponds de lui, messieurs, lâchez-le, nous en ferons un bon ouvrier !

L'amour la rendait ingénieuse et lui suggérait des argu- 5 ments qui, dans son idée, devaient convaincre tous les gens sensés ; mais les gendarmes, impassibles, ne s'attendrissaient pas plus que s'ils eussent été en pierre. Norine s'obstinait à barrer le chemin. Le gardien-chef l'écarta rudement. 10

— Filons ![2] dit-il en entraînant son captif.

— Norine, père Vincart, adieu ! articula enfin Bigarreau d'une voix étranglée ; je ne vous oublierai jamais !

L'escorte et le détenu s'éloignèrent rapidement par la route forestière, mais Norine s'acharnait à les suivre, et 15 les deux gendarmes avaient fort à faire de la maintenir à distance. Elle les suppliait en vain de lui laisser embrasser son ami une dernière fois. Quand elle vit qu'ils restaient insensibles, elle devint sauvage.

— Vous êtes des sans-cœur ! s'exclama-t-elle, vous 20 n'avez pas honte de vous mettre trois pour torturer un pauvre gachenet ! . . . Mais je ne vous laisserai pas tranquilles, j'irai réclamer près du préfet ! . . . Claude est à nous, je le veux, je le veux ! . . . Rendez-le-moi.

Déchevelée, les yeux étincelants, elle emplissait la 25 forêt de ses lamentations. Elle les suivit ainsi jusqu'à la lisière du bois ; là, épuisée, enrouée à force de crier, elle se laissa tomber sur le bord du chemin.

— Norine ! murmura Bigarreau, tandis que Seurrot le poussait sur la grand'route, c'est peine inutile, retourne- 30 t'en chez vous. . . . Adieu, va, je t'aime bien !

— Claude ! criait-elle.

Les gendarmes et le prisonnier s'éloignaient sur la route poudreuse, et toujours derrière eux se lamentait la voix désespérée de Norine : — Claude ! mon Claude ! . . .

— Gendarme Schnepp, disait en se mordant la mous-
5 tache le brigadier Fondreton à son subordonné, les cris de la gachette me remuent l'estomac censément comme [1] un roulement de tambours. . . . Il y a des quarts d'heure, Schnepp, où il est difficile d'accorder son service avec sa sensibilité . . . indubitablement.

VI.

10 LE soir même de cette scène, le directeur de la prison arriva radieux dans la salle de l'auberge, où le garde gé-néral Yvert l'attendait pour souper. — Je vous avais bien dit qu'il n'irait pas loin ! s'exclama-t-il, les gendarmes et le gardien-chef ont pincé mon fuyard au coin d'un bois
15 et l'ont ramené tambour battant.[2] A cette heure, il se repose au cachot. . . .

Il eut un sourire cruel et un fauve flamboiement de l'œil, puis il ajouta, en exécutant une pantomime expres-sive avec son rotin à pomme d'ivoire : — Le gardien-chef
20 était furieux, et, avant de boucler le drôle,[3] il lui a ad-ministré une correction qui lui ôtera le goût des prome-nades en plein air !

La correction devait, en effet, guérir Bigarreau à tout jamais. Après l'avoir moulu de coups,[4] Seurrot avait
25 conduit en cellule son prisonnier, tout suant encore de sa longue course au grand soleil. Bigarreau passa brusque-ment de la chaude et joyeuse lumière des champs dans

un cachot obscur dont les murs étaient glacés. L'horreur
noire de cette cellule était doublée pour lui par le souvenir de ses trois semaines de liberté, et par la douleur
d'avoir été violemment séparé de la seule créature qui
l'eût aimé. Il avait encore dans les oreilles les cris de 5
désespoir de Norine, et ses yeux la revoyaient toujours à
genoux et échevelée, à la lisière du bois de Colmiers. —
C'était fini, il ne la retrouverait certainement plus, et la
vie ne serait plus pour lui qu'un cauchemar. Son sup-
plice commençait déjà. La nuit, son cachot était peuplé 10
de fantômes : le gardien-chef, armé de sa trique ; le directeur avec ses yeux durs et son cruel sourire ; la face
grimaçante et louche du Champenois. . . . Bigarreau les
voyait distinctement surgir de l'ombre et s'élancer féroce-
ment sur lui. En même temps il lui semblait que les 15
murs de la cellule se rétrécissaient et que l'air allait lui
manquer. Il étouffait, ses oreilles tintaient, des chaleurs
soudaines lui montaient aux tempes, suivies de sueurs
froides et de frissons ; et, d'une voix rauque, il appelait
Norine à son secours. . . . 20

Au matin, quand l'un des gardiens entra dans sa
cellule, il le trouva grelottant et en proie à un accès de
fièvre. On manda le médecin de la prison, qui, après
avoir examiné le détenu, constata une fluxion de poitrine.[1] 25

Le fâcheux dénoûment de l'aventure de Bigarreau
n'avait pas laissé de préoccuper le garde général. Il se
reprochait d'avoir été la cause involontaire de l'évasion
du détenu ; il résolut d'aller intercéder pour lui et d'obtenir tout au moins qu'on lui fît grâce du cachot. Quand 30
il arriva dans le cabinet du directeur, ce dernier lui apprit
que le " drôle " était malade et qu'on l'avait transporté à

l'infirmerie.   Yvert insista pour le voir, et on le conduisit
dans un bâtiment neuf, où l'on avait installé le service
médical.   Il trouva Bigarreau tout enfiévré sous la mince
couverture du petit lit réglementaire.   Il était violem-
5 ment oppressé[1] et il délirait, les yeux grands ouverts.
Il ne reconnut pas son compatriote, et celui-ci se retira
après l'avoir chaudement recommandé aux soins de la
sœur infirmière.

Comme Yvert franchissait mélancoliquement la grille
10 de la maison centrale, il entendit derrière lui une voix
féminine qui l'interpellait : " Monsieur ! "   Il se retourna
et aperçut une fillette d'une quinzaine d'années, nu-tête,
vêtue d'une robe d'indienne trop courte et chaussée de
gros brodequins blancs de poussière.

15 — Excusez ! fit-elle en le dévisageant avec ses grands
yeux noirs, est-ce que vous êtes un des messieurs de la
prison ?

— Non, ma petite, répondit-il.   Pourquoi ?

— Ah ! soupira-t-elle d'un air tristement déçu ; puis,
20 s'enhardissant, elle reprit : — A qui pourrais-je m'ad-
resser pour avoir des nouvelles[2] d'un prisonnier qui
s'appelle Bigarreau ?

— Bigarreau ! s'écria Yvert étonné.

— Oui . . . un garçon qui s'était sauvé et qu'on a ra-
25 mené hier . . .   C'est chez nous qu'on l'a trouvé. . . .

Elle lui conta brièvement la fuite et l'arrestation du
jeune détenu.

— Ils nous l'ont arraché malgré nous, continua-t-elle.
S'ils avaient eu le cœur de nous le laisser, il aurait gagné
30 honnêtement sa vie chez nous. . . .   Je voudrais dire ça
aux maîtres de la prison, si je pouvais leur parler. . . .
Pensez-vous que ce soit possible, monsieur ?

— J'ai peur qu'ils ne vous écoutent pas, mon enfant, répliqua Yvert en regardant Norine avec surprise, puis il ajouta : — Je connais moi-même Bigarreau, nous sommes du même pays, et je viens de le visiter.

La figure de la jeune fille s'éclaira. 5

— Ah ! s'écria-t-elle, comment est-il ?

— Il est au lit . . . malade.

Norine devint très pâle ; ses lèvres se crispaient et ses yeux noirs roulaient des larmes.[1]

— Je voudrais le voir ! dit-elle d'une voix brusque au 10 fond de laquelle on sentait un sanglot.

Yvert connaissait la sévérité des règlements de la prison, et il n'osa pas leurrer Norine, mais la douleur concentrée de la jeune fille l'avait ému. Il lui.promit de parler au directeur et d'essayer d'obtenir une permission 15 pour l'un des jours suivants.

— J'espère que d'ici là[2] Bigarreau ira mieux, ajouta-t-il ; revenez dans deux ou trois jours.

— C'est que, murmura-t-elle, je suis seule au chantier avec le père et je ne voudrais m'absenter qu'à coup sûr,[3] 20 à cause de la besogne. . . . Si c'était un effet de votre bonté[4] de me prévenir du jour où je pourrai le voir ? . . . Nous demeurons dans la vente du Val-Serveux. . . . Je m'appelle Norine Vincart.

— C'est bien, Norine, j'irai vous rendre la réponse moi- 25 même.

— Mille fois merci, monsieur ! . . . Elle s'arrêta ; un nouveau sanglot crispa ses lèvres. — Mais vous le verrez, vous, monsieur, n'est-ce pas ? — Elle tira de son corsage un petit bouquet de bruyères roses et le tendit au garde 30 général : — Remettez-lui ça de la part[5] de Norine. . . . Dites-lui que je les ai cueillies à la Fontenelle, et que je l'embrasse. . . .

Le garde général prit le bouquet et promit de s'acquit-
ter du message.   Norine renfonça ses larmes :

— A vous revoir, monsieur, et à bientôt des nouvelles,[1]
n'est-ce pas ?

5   Et elle s'enfuit dans la direction de Germaine.

Le lendemain, Bigarreau allait au plus mal,[2] et un gardien vint prévenir Yvert que le n° 24 demandait à lui
parler.   Il ajouta que la chose pressait, car on s'attendait
à ce que le détenu ne passerait pas la nuit.

10 Yvert courut à l'infirmerie.   Le malade n'avait plus le
délire, mais il était très affaibli, l'oppression augmentait,
et il respirait difficilement.   Quand la sœur l'eut averti
de la présence de son compatriote, qu'il reconnut cette
fois, il eut encore la force d'ébaucher avec sa lèvre infé-
15 rieure sa grimace habituelle.

— Pas de chance ! murmura-t-il de sa voix sifflante.
. . .   Si j'avais eu seulement cinq minutes, je gagnais le
grand bois et je me moquais d'eux ! . . .   Maintenant
mon compte est réglé,[3] m'sieu, je ne reverrai pas le
20 clocher de Vilotte. . . .

— Mon pauvre Bigarreau, interrompit le garde général,
tu es jeune et fort, tu t'en tireras.[4]

Le garçon fit des paupières un signe négatif.

— Parlons d'autre chose, reprit Yvert ; je suis chargé
25 d'une commission pour toi de la part d'une brave fille
que tu as connue au Val-Serveux, et qui ne t'oublie pas.

— Norine ? demanda tout bas Bigarreau, dont l'œil
vitreux s'était soudain rallumé. . . .   Vous l'avez vue ?

— Oui, repartit le forestier en tirant de sa poche les
30 bruyères roses ; voici des fleurs qu'elle a cueillies pour
toi à la Fontenelle . . . et elle t'embrasse.

Bigarreau saisit le bouquet, le porta à ses lèvres et à

ses narines, comme pour y respirer quelque chose du
baiser de Norine et de l'odeur des bois, puis ses yeux se
mouillèrent.

—Chère fille ! . . . Il y a encore de bonnes gens au
monde, m'sieu Yvert, et si j'étais resté près d'elle, là-bas, 5
j'aurais pu comme un autre devenir un honnête homme.
. . . Je commençais déjà à changer de peau,[1] mais le gardien chef m'est tombé dessus,[2] et . . . fini le bon temps !
Je ne verrai plus Norine, mais je vous demande en grâce,
m'sieu Yvert, de lui porter aussi un souvenir venant de 10
moi. . . . Passez-moi ma veste, là, au pied du lit. . . .

Il fouilla lentement les poches et en tira un couteau à
manche de buis, un de ces couteaux de pâtre qu'on
nomme des eustaches.

—Vous lui donnerez mon couteau, reprit-il. . . . Je 15
sais bien que c'est un pauvre cadeau. . . . On prétend
que ça coupe l'amitié. . . . Mais, dans la circonstance,
il n'y a pas de crainte. . . . Quand vous le donnerez à
Norine, la *camarde* m'aura déjà coupé le fil à moi-même.[3]

Le garde général essayait en vain de le rassurer. 20

—Non, non, répéta Bigarreau, je ne me mets pas le
doigt dans l'œil,[4] c'est moi qui étrennerai[5] le cimetière où
je faisais des terrassements ! . . . Je vous avais bien dit
que je ne finirais pas mon bail ! . . . Que soit,[6] ce n'est
pas une façon agréable de s'en aller ! . . . Le gardien- 25
chef tapait dur, si dur que j'emporterai avec moi la mar-
que de ses *patoches*. . . . Pour en revenir à Norine, quand
vous la reverrez, inutile de lui parler de mort et de cimetière. . . . Elle aura déjà assez de peine sans ça ! . . .
Vous lui donnerez le couteau, vous l'embrasserez et vous 30
lui direz tout bonnement qu'on m'a emmené quelque
part, bien loin, où je serai beaucoup mieux . . . et que je

suis parti en pensant à elle. . . . . Voilà ce que vous lui
direz, et vrai, ça ne sera pas des blagues,[1] m'sieu !

Un accès de toux[2] lui coupa la parole, et la sœur con-
gédia le garde général, qui s'éloigna après avoir embrassé
5 son compatriote.

Le lendemain, Yvert se dirigeait tristement vers la
vente de Val-Serveux. Quand il eut traversé la combe
de la Fontenelle et longé le ruisseau, il aperçut à mi-côte
la hutte du père Vincart et s'avança vers le chantier, en
10 s'efforçant de mettre sur son visage assez de sérénité
pour en imposer à Norine. Elle l'avait reconnu de loin
et elle accourait.

— Hé bien ? demanda-t-elle, haletante.

— Il est mieux, répondit laconiquement le garde géné-
15 ral ; il ne souffre plus.

Il lui en coûtait de tromper la jeune fille, mais il songea
qu'il exécutait les dernières volontés de Bigarreau et que,
dans la simplicité. de son cœur, le pauvre diable avait
jugé que ce mensonge serait moins cruel pour Norine.
20 — Ah ! merci ! s'écria-t-elle en respirant longuement,
et pourrai-je bientôt le voir ?

— Hélas ! non, mon enfant. . . . Le médecin a or-
donné qu'on le change d'air,[3] et on l'a emmené loin
d'ici . . . dans son pays. . . . Il est parti ce matin.
25 Les yeux de Norine étaient pleins de grosses larmes.

— Parti ! balbutia-t-elle, je ne le verrai plus ?

— Il a bien pensé à vous, poursuivit le garde général.
. . . Avant de s'en aller, il m'a prié de vous donner
ceci.
30 Il lui tendit le couteau. Norine le prit et le serra nerveusement dans ses doigts.

— Il m'a chargé aussi de vous embrasser pour lui.

Alors elle se mit à sangloter en lui tendant sa figure hâlée, et il la baisa sur le front.

— Enfin, soupira-t-elle, si c'est pour son bien! . . . Vous me jurez qu'il sera mieux là-bas?

— Je vous le jure!   5

Et il ne mentait pas le garde général. . . . Dans le nouveau cimetière, à l'orée du bois, où les retombées[1] des grands hêtres ombrageaient sa fosse, Bigarreau était "mieux." Il y goûtait un repos absolu, que les mauvais rêves et les *patoches* de la centrale ne pouvaient plus 10 jamais troubler

NOTES.

Page 1. — 1. **maison centrale,** *state-prison.*

2. **Cl . . . =** *Clermont.* Clermont-en-Argonne, in the Department of Meuse in Eastern France, is here meant.

3. **Auberive** is a small village on the Aube River, in the Department of Haute-Marne, south of Clermont-en-Argonne.

4. **Cisterciens** are monks of the order of St. Benedict. They took their name from Cîteaux (Lat., *Cistercium*), a small village in Burgundy where Robert de Molesme founded in 1098 a religious community that observed the rules and rites established by St. Benedict.

5. **une maison de force et de correction,** *a reform school and a prison.*

6. **faisant endiabler les ouvriers,** *bothering (harassing) the workmen.*

7. **sa figure de négrier,** *his coarse and common face;* lit., his slave-trader-like face.

8. **calotte de cheveux crépus,** *head of woolly hair.*

Page 2. — 1. **transvaserait =** *transporterait.*

2. **rotin à pomme d'ivoire,** *ivory-headed cane.*

3. **à la queue,** *in the rear.*

Page 3. — 1. **ils ont leurs huit lieues dans les jambes,** *they have walked eight leagues* (about 24 miles).

2. **à quoi s'en tenir,** *what to think.*

3. **taches de rousseur,** *freckles.*

Page 4. — 1. **clampin,** *loiterer.*

2. **masque,** *face.*

3. **il eut beau fouiller dans sa mémoire,** *he tried in vain to remember.*

Page 5. — 1. L'aventure ne laissait pas de l'intriguer néanmoins, *the occurrence kept on puzzling him, however.*

2. grâce à l'entremise, *thanks to the help.*

3. main-d'œuvre, *labor.*

Page 6. — 1. tâter, *understand;* lit., to feel, to try.

2. m'sieu = *monsieur.*

3. faire une commission, *to go on an errand.*

4. du cru, *of the country;* lit., grown in the country.

5. grisettes, *shop-girls.*

6. buvait un coup, *went under;* lit., took a drink.

Page 7. — 1. j'ai pas eu de chance, *I have had bad luck.* Note colloquial omission of *ne.*

2. on m'a empoigné et v'lan, au clou, *I was arrested and bang! to jail.* Au clou, lit., is to hang on a nail, but is very commonly used with the signification of to be put in prison.

Page 8. — 1. Malheur! *indeed! in truth!* — ça n'est pas drôle, allez! *there is no fun in that!*

2. patoches, *blows.*

3. qui se tiraient des pattes dans le courant, *that were running on top of the water against the current.*

4. sa boîte, *his house;* lit., his box; a very disdainful expression..

5. mon bail, *my term.* Bail is lit., "lease."

Page 9. — 1. l'Aube has its source in Eastern France, and empties into the Seine.

2. un cirque de forêts montueuses, *an amphitheatre of hilly forests.*

3. fouillis, *thicket.* Fouillis, lit., means confusion, medley, here a thick wood.

4. frétillant, *shining, glittering;* lit., quivering.

5. sur ces moutonnements lointains de feuillées bleuâtres, *on that far-away waving bluish foliage.*

6. bayer aux mouches, *to idle;* lit., to look at the flies with open mouth.

7. se mettaient à deux, *worked, two of them together.*

8. fourmillement, *swarm.*

Page 10. — 1. leur insufflaient des désirs de révolte et d'école buissonnière, *inspired them with feelings of revolt and a wish to escape to play truant.* **Faire l'école buissonnière;** lit., to go to school in the bushes, in the woods.

2. **d'en griller une,** *to smoke one;* **griller,** lit., to broil.

3. **en contre bas du chantier,** *downwards from the working grounds.*

4. **avait tablé là-dessus,** *had counted on that.*

5. **en deux temps,** *in two bounds, jumps.*

Page 11. — 1. **tu te donnes de l'air et tu fumes, encore,** *you are taking an airing, and you are smoking too.*

2. **d'en abuser,** *to take advantage of it.*

Page 12. — 1. **ou ça va se gâter,** *or that will turn out badly for you.*

2. **il avait beau secouer l'arbre violemment,** *he sharply shook the tree, but to no avail.*

3. **sans se soucier de commettre un délit forestier.** In France severe penalties are provided for the cutting down of trees under a certain size designated by law.

4. **feutré ;** lit., felted; trans., *covered.*

5. **en contrebande,** *on the sly.*

Page 13. — 1. **graine de galérien,** *jail-bird.*

2. **au rapport,** *when reports are made.*

3. **en se recroquevillant,** *in curling up.*

4. **avaient le sommeil dur,** *slept soundly.*

5. **enfila,** *donned.*

Page 14. — 1. **Châtillon-sur-Seine** is a town in the Department of Côte-d'Or, situated about 145 miles south-east of Paris.

2. **briska** is a Russian expression used to designate a light open wagon.

Page 15. — 1. **semis,** *scattering.*

2. **les digitales du talus,** *the foxglove (digitalis) growing on the embankment.*

3. **de dépister les gardiens,** *to throw the prison wardens off his track.*

Page 16. — 1. **exposé au midi,** *looking south.*

Page 17. — 1. **pain de ménage,** *brown bread.*

2. **afin de ruminer,** *in order to think out.*

3. **mèches frisottantes,** *curly locks.*

Page 18. — 1. **Dame,** *why !*

2. **la queue,** *the stem.*

3. **C'est de la viande creuse,** *it is an unsubstantial food.*

4. **ça ne tient pas à l'estomac,** *that does not stand by one.*

Page 19. — 1. **Ce n'est pas de refus,** *I will not refuse it.*

2. **il joua des dents,** *he ate heartily ;* lit., he acted with his teeth. ·

3. **votre content,** *to your heart's content.*

Page 20. — 1. **Pour rompre les chiens,** *to change the conversation ;* lit., to throw the dogs off the track.

2. **Champenois** is the name given to inhabitants of Champagne, a province of Eastern France.

3. **espérant ainsi être quitte,** *hoping thus to get rid of.*

Page 21. — 1. **juge instructeur,** *investigating magistrate.*

2. **en prenant votre congé sous la semelle de vos souliers,** *in taking French leave ;* lit., in taking leave under the sole of your shoes.

3. **ne me vendez pas,** here, *do not betray me.*

Page 22. — 1. **se mettre à plusieurs,** *to get many together ;* comp. page 9, line 23.

2. **gachenet** = *garçon,* an expression used in Eastern France.

Page 23. — 1. **la coupe de bois,** *that part of the wood that was being cut down.*

2. **bouillée,** *thicket.*

Page 24. — 1. **tronce,** *block.*

2. **gachette** = *fillette.*

3. **pour nous donner un coup de main,** *to lend us a helping hand.*

4. **ma mie** = *mon amie;* trans., *my dear girl,* and note the ironical expression.

Page 25. — 1. **qui abattra de l'ouvrage,** *who will do a great deal of work.*

2. **c'est bien de vous,** *it is just like you.*

3. **de vous enfagoter d'un camp-volant,** *to get crazy (enthusiastic) over a nomad.**

---

* This expression is applied by Theuriet to people whose business compels them to often change their place of residence.

4. **je ne me soucie pas d'acheter chat en poche,** I do not wish to hire him without knowing him; *I do not care to buy a pig in a poke.*

5. **Où niche-t-il, ton gachenet ?** *where is that boy of yours?* lit., where does that boy of yours nestle?

Page 26. — 1. **et tenant presque du merveilleux,** *and almost miraculous.*

2. **Il se leva tout d'une pièce,** *he rose all at once.*

3. **à l'essai,** *on trial.*

4. **afin de ne pas vous couper,** *in order not to contradict yourself.*

Page 27. — 1. **ça me fait gros cœur,** *it grieves me.*

2. **Ça te va-t-il ?** *does that suit you?*

3. **va·te mettre au courant,** *will tell you all.*

4. **pour manier le paroir,** *to handle the polisher.*

Page 28. — 1. **rageur,** *ill-tempered.*

2. **dormait à poings fermés,** *slept soundly.*

3. **encore qu'on travaillât ferme,** *although they worked hard.*

Page 29. — 1. **tendre des collets,** *set snares.*

2. **cèpes,** a kind of mushroom.

3. **avait repris le dessus,** *had gotten the upper hand.*

4. **en son par-dedans,** *in his inner self.*

Page 30. — 1. **Il ne tient qu'à vous que cela dure,** *it only depends on you to make it last.*

2. **chercher midi à quatorze heures.** The English say: to look for knots in a bulrush. As a bulrush has none, it means: to look for difficulties where there are none; trans., *to borrow trouble.*

3. **à la nuitée,** *after dark.*

Page 31. — 1. **avec des airs pressés,** *as if in a hurry.*

Page 32. — 1. **il y a beau temps que je ne dormais plus,** *I have been awake quite a long time.*

2. **Je ne peux pas le sentir,** *I cannot bear him.*

3. **c'est moi qui ne porterais pas son deuil,** *I would not wear mourning for him.*

Page 33. — 1. **s'il vous prenait en grippe,** *if he should come to hate you.*

2. **potée,** a dish made up of different kinds of vegetables, to which is sometimes added a piece of bacon.

3. **ételles,** *blocks of wood.*

4. **se remisaient,** *were going to their nests.*

5. **dans les fonds,** *down in the hollows.*

Page 34. — 1. **cette méchante graine de Champenois,** *that rascally Champenois.*

2. **Bonsoir tourtous,** *good-evening, all of you.*

Page 35. — 1. **Ça va-t-il comme vous voulez?** *how are you?* lit., do things go as you wish?

2. **mal plantée,** *irregular.*

3. **donnons un coup de dent,** *let us eat;* comp. with **il joua des dents,** page 19, line 10.

Page 36. — 1. **Fichu maladroit!** *what a wretched blunderer you are!*

2. **s'est donné de l'air,** *has escaped;* comp. with **tu te donnes de l'air,** page 11, line 27.

3. **brouettant des rondins,** *wheeling blocks of wood in a barrow.*

4. **vous m'avez tourné le sang!** *you frightened me;* lit., you turned my blood.

5. **aura tôt éventé notre secret,** *will soon have discovered our secret.*

Page 37. — 1. **avait pris sur elle,** *had made an effort.*

2. **le Louchard,** *the squint-eyed fellow.*

3. **flaira une odeur d'amour,** *detected a love affair going on.*

4. **torgnoles,** *thumps.*

Page 38. — 1. **parfois la moutarde lui montait au nez,** *sometimes his patience came near giving out.*

2. **à son dam,** *to his own harm.*

3. **Je n'y tiens plus!** *I can stand it no longer!*

4. **Je trouverai moyen de le brouiller avec le père et de lui faire donner congé,** *I shall contrive to get him into a quarrel with my father, and to have him dismissed.*

5. **ne travaille déjà là-dessus,** *is already pondering over the matter.*

Page 39. — 1. **veine,** *good luck.*

2. **Raison de plus,** *this is one more reason.*

3. **il faudrait être le dernier des sans-cœur pour oublier vos bontés,** *I should be a most heartless fellow if I should forget your kindness to me.*

Page 40. — 1. **mauvaiseté,** *bad trick.*

2. **je lui ai donné de ma main par la figure,** *I slapped him in the face.*

3. **camp-volant ;** see page 25, line 15.

4. **vous feriez moins la difficile,** *you would not be so angry.*

5. **je lui ai jeté au nez,** *I told him to his face.*

Page 42. — 1. **où il s'était remisé,** *where he had hidden.*

2. **sans façon,** *without hesitation.*

3. **voici donc le pot aux roses !** *here is the secret !*

4. **Gibier de la centrale ;** comp. with *graine de galérien.*

Page 43. — 1. **qu'il avait dû pousser jusqu'au bouchon du cabaretier,** *that he must have stopped at the drinking-place of the village wine-seller.*

2. **cuiller,** a sharp tool somewhat in the shape of a spoon, used to hollow out wooden shoes.

3. **par grosses,** *a gross at a time.*

4. **pour casser une croûte,** *to eat a little bit.*

5. **en voici bien d'une autre,** *this is something new.*

Page 44. — 1. **l'envie de jouer des jambes,** *the desire to run away.*

2. **au pas gymnastique,** *on a run.*

3. **drôle,** *rascal.*

4. **incontinent,** *at once.*

Page 45. — 1. **sujet,** *boy,*

2. **Filons !** *let us go !*

Page 46. — 1. **me remuent l'estomac censément comme,** *stir my feelings almost as much as.*

2. **l'ont ramené tambour battant,** *have brought him back in triumph.*

3. **avant de boucler le drôle,** *before shutting the rascal in.*

4. **Après l'avoir moulu de coups,** *after having given him a severe punishment, a thorough thrashing.*

Page 47. — 1. **fluxion de poitrine,** *pneumonia.*

Page 48. — 1. Il était violemment oppressé, *he was struggling for breath.*

2. pour avoir des nouvelles, *to get some news.*

Page 49. — 1. roulaient des larmes, *were full of tears.*

2. d'ici là, *between now and then.*

3. qu'à coup sûr, *only if I am sure to see him.*

4. Si c'était un effet de votre bonté, *would you be kind enough.*

5. de la part, *from.*

Page 50. — 1. à bientôt des nouvelles, *let me hear about him soon.*

2. allait au plus mal, *was very low.*

3. mon compte est réglé, *it is all over;* lit., my account is settled.

4. tu t'en tireras, *you will pull through.*

Page 51. — 1. à changer de peau, *to reform.*

2. m'est tombé dessus, *caught me;* lit., fell upon me.

3. la camarde m'aura déjà coupé le fil à moi-même, *death will already have cut the thread of my life.*

4. je ne me mets pas le doigt dans l'œil, *I do not have any hope;* lit., I do not thrust my finger in my eye.   étrennerai, *will be buried first.*

5. que soit, *yet; let come what may.*

Page 52. — 1. ça ne sera pas des blagues, *it will not be telling a falsehood.*

2. un accès de toux, *a coughing-spell.*

3. qu'on le change d'air, *that he should be sent to another part of the country;* lit., that he should have a change of air.

Page 53. — 1. retombées, *overhanging foliage.*